# 고립된 입술들

진주현 소설

isolated lips

고립된 입술들

딱딱하고 무게를 가늠할 수 없는 명사를
근육이 없는 동사로 질질 끌며 도착한 곳이 있다.


그것이 침묵, 이다.

# 01

## 나의 타인들

타인의 고통이 나를 먹여 살린다. 그 고통에 줄줄이 엮여있는 상실, 강박, 상처, 우울, 트라우마. 공황, 현기증, 수면 장애, 식욕 부진, 폭식, 이명. 다 늘어놓자면 끝도 없다. 그중에 하나도 소유하지 않은 자들은 아마 이 세상에 없겠지만 그 모든 것의 절반 이상을 깊은 농도로 가지고 있는 타인들이 나를 찾아온다. 마음껏 자신의 마음과 정신과 영혼을 관음하라고 발가벗겨지길 자청하기까지 얼마나 지치고 어려웠을까. 그래도 그들이 내게 왔다. 그들을 나는 환자, 라고만 생각하지 않는다. 하지만 달리 부를 이름이 없다. 대부분 우리의 화두는 거의 약에 대한 것이다. 여기는 대학병원이라 내 진료실에 머무는 시간은 기껏해야 5분에서 10분 사이다. 약의 부작용이나 용량에 대해 잠시 의논을 하고 그들은 일어서서 나간다. 그리곤 근처 약국에 갈 것이다. 처방받은 약을 두툼한 약봉지에 받아들고는 두 달이나 석 달의 안도감을 귀하게 여기며 집으로 갈 것이다.

내가 하루에 만나는 타인은 보통 60명이 넘는다. 문이 열리고 닫히기를 반복할 때마다 각자 특유한 냄새를 가지고 들어왔다 나가기를 반복한다. 직접 몸에서 나는 냄새만이 아니라 오래된 지병이 만들어낸 특유의 것들이 표정이나 자세에 묻어 같이 들어온다. 당연한 일이다. 이미 말했듯이 진료실 안으로 들어오는 건 환자 하나가 아니다. 그들과 연관된 타인, 들도 같이 들어온다. 한때는 멀쩡했던 인간들을 내게로 기어이 데리고 온 타인들이 어딘가에는 분명히 존재한다. 물론 선천적인 경우도 있기는 해도 대부분은 어느 시절의 누군가와 연결이 되고 그러다 무시무시한 나락을 경험하고 혼자 버티다가 고장이 나버린 일이 더 많다. 그 나락이 얼마나 사적이고 섬세하고 질긴 건지 나는 안다. 해진 헝겊처럼 너덜거려져 버린 자신을 내 앞에서 내려놓는다. 더는 바람막이도 없는 인간들이 내게 온다. 희망을 품어서만이 아니다. 더는 도저히 견딜 수가 없어서이다. 어렵게 내게 도착한 그들을 나는 조심스레 마주한다.

　정신적인 무기력에 휩싸여버린 인간을 앞에 두고 열심히 몸을 움직여 운동이라도 좀 하라고, 그러면 다 낫는다고 말하고, 차가운 겨울바람에 몸을 덜덜 떨고 있는 영혼에 대고 이미 없는 창문을 닫으라고 말하고, 비틀거리는 자아를 보고 있는 기막힌 심정에 좀 강해지라고 요구하는 것은 옳지 않다. 이미 에너지가 고갈된 빈약하고 고통스러운 영혼에 무얼 억지로 요구하겠나. 생이 다시는 예전과 같지 않을 거라는 천둥 같은 깨달음은 이미 그들 자체가 알고 있다. 나는 지난 이야기를 들어주며 고개를 끄덕이고 은근한 이해의 기운을 전해줄 뿐이다. 차분한 태도로 수긍을 해주는 것만이 처음 내가 해야 할 도리이며 직업적인 정신이다. 많은 것을 희생하고 보답받지 못했지만 그래도 이해하려다 병이 든 이들이 이 세상에 얼마나 많은지 생각하면 가끔은 아찔하다. 그렇다고 무조건 내 앞에 앉은 이들을 무분별하게 옹호하거나 편이 되어줄 수도 없다. 적당한 거리는 유지하며 그 고통의 원인을 유추해내야 한다. 눈동자를 마주하면서 이해, 라는 영역에서 홀대받은 이들의 진짜 숙주를 찾아내야 한다. 쉬운 일은 아니지만 나는 나의 타인들을 이해하기 위해 온 힘을 쓴다. 나마저 그들을 홀대하면 그들이 갈 곳은 영영 없으니까.

　나를 마치 신처럼 보는 눈길들이 있다. 하얀 가운을 걸친 것 말고는 전혀 다를 것도 없는 같은 인간에게 구원을 바라는 그 눈길들 속에 들어있는 애절한 것들과 마주하면 늘 어쩐지 양심이 걸린다. 나는 당연히 신이 아니다. 내가 외과 의사라면 겉으로 보이는 상처가 아무는 속도나 회복 상태를 파악하고 시야로 보여주겠지만 내가 만나는 지점은 다르다. 얼마만큼의 진실을 이야기하고 있는지, 정말로 있었던 일인지, 아직도 숨기고 있는 것이 있는지 한 번에 알 수도 독촉할 수도 없다. 그러니 한 인간이 자진해서 털어놓는 역사와 과거만이 유일한 단서이다. 그들의 이야기들은 이미 진료 전에 담당하는 후배 의사에게 전달받기 때문에 나는 기본 상태만 묻고 약을 처방하는 것밖에는 할 수 없다. 초진 환자는 짧게는 2주, 그리고 시간이 지나면 한 달 정도 약을 처방하기 시작하고 더 오래된 환자에게는 상태를 봐가며 두 달이나 석 달에 한 번씩 얼굴을 본다.

선생님을 만나서 다행이에요.

선생님 같은 의사분은 본 적이 없어요.

선생님의 말씀이 전부 맞아요.

선생님만이 저를 이해해요.


그저 흘려들어야 할 말일지도 모른다. 길어도 10분 사이의 시간에 내가 무엇을 줄 수 있을까. 그래도 아주 짧은 순간만이라도 안도감을 느끼게 하는 것, 당신을 이해하고 있다는 눈빛을 전해주는 것, 나는 당신의 과거를 이제 알았으니 조금만 더 편하게 지낼 방편을 같이 모색하겠다는 의지를 차분히 드러내는 것이다.


나는 그저 의사입니다.

나는 절대 신이 아니에요.

나는 당신들과 다를 게 없어요.

그리고 나 역시 당신에게 상처를 줄 수도 있는 한낱 인간입니다.


그 말을 어느 순간 갑자기 뱉어버릴 것 같아서 사실은 나도 늘 긴장을 한다. 신은커녕 보통의 인간보다도 내리막길을 걸었던 인간이다. 그 긴장 속에는 어쩌면 정말 내가 말하고 싶은 것이 들어있을까. 하지만 나의 진료실은 허심탄회한 술자리가 아니다. 한마디의 말도 그냥 넘겨버릴 수 없는 정보를 받아들여야 하는 곳이다.

 슬픔과 고통과 어쩔 수 없음이 오는 곳이다. 숨 쉬는 공간이다. 하얀 벽으로 둘러싸인 숲이다. 소리 없는 비명들이 난무하고 기어코 터지고야 마는 눈물들이 눈처럼 내리는 곳이다. 그토록 삼켰던 고해들이 잠시 매듭을 풀고 가고 싶은 곳은 미래에 대한 상상이 없는 말들이 존재하는 곳이다. 낡아버렸지만 도저히 버릴 수가 없는 형겊들이 희미한 별처럼 반짝이는 곳이다. 막연한 불안을 현재의 시간에 맞추고 아직 추억이 되지 못한 아픔이 같이 서성이는 곳이다. 메마른 몸에 가득 들어있는 유독 두드러진 몽우리들을 어찌해야 할지 몰라 문을 열고 간신히 들어 온 곳이다. 내동댕이쳐진 진심들을 간신히 데리고 와서 꺼내놓는 곳이다. 쉼표가 없어진 생에 당황하다 기어 온 곳이다. 중심을 잡고 간격을 유지하며 바늘을 넣던 천의 박음질이 자꾸 엇나가고 박음질이 계속 엉망이 되다가 좌절을 업고 온 곳이다. 멀쩡했던 것이 더는 당연한 것이 아니라는 진실을 품고 그 고장이 나버린 것들에 가쁘게 고단해질 때와 때를 지나 지극히 어두워져서야 오는 곳이다. 이제는 자신을 단죄하는 것에도 지친 이들이 찾는 곳이다. 어쨌든 숨기려고 그렇게도 부단히 애를 쓰던 것들이 여기저기에서 빠져나오자 징그러워 주저앉은 이들이 걸어오는 곳이다. 계절의 흐름을 느끼지 못하는 이들이 오는 곳이다. 문득 들었던 말 한마디가 무한으로 반복되자 이를 갈다가 다다른 곳이다. 분명 가지고 있었던 둥글던 세상이 기억이 나지 않아 찾는 곳이다. 인간을 싫어하면서도 또 인간을 찾을 수밖에 없는 모순을 품고 들어오는 곳이다. 단단한 소망은 없어도 튼튼한 포기도 갖지 못한 어정쩡한 사이를 설명하고 싶은 가느다란 빛줄기를 챙겨서 어렵게 발을 들여놓는 곳이다. 딱딱하고 무게를 가늠할 수 없는 명사를 근육이 없는 동사로 질질 끌며 도달하는 곳이다. 어떤 음악을 들어도 마음 어디에도 흡수되지 않고 어떤 자극들에만 유독 신경이 곤두서서 견딜 수 없는 거의 광기에 가까운 자신에 대해 놀라다가 광폭한 후렴만 반복되는 날들을 견디고 견디다 아무 기대는 없지만 오는 곳이다. 먼지 같이 존재감은 없어도 누군가에게는 텁텁한 이물질이 되어 버리고 있다는 것을 인식하는 이들이 종착지로 삼은 곳이다. 각자의 자리에서 나름 빛나고 있는 빛을 견디지 못하고 어둠을 은신처로 삼았어도 그곳에도 평온은 없는 것을 괘씸해 하다가, 심장을 덜덜 떨다가 빈맥만 거침없이 높아져 보통의 숨을 쉬지 못하는 이들이 헐떡이는 곳이다. 좋았던 것들은 자꾸 흐려지고 나쁜 것들만 생생해지는 한쪽으로만 치우치는 시소 위에서 더는 균형 따위는 꿈도 꾸지 않게 되어버린 자들이 막힌 골목길 끝에서 서성이다 들어오는 곳이다. 가만히 뒤도 흐르는 시간을 매초마다 느끼는 고단함의 덩어리들이 겨우 눈물을 흘리는 장소이다. 지워지지 않는 것들을 지우기 위해서가 아니라 그것에 잠시라도 동참해주는 낯선 타인이 절절하게 필요해서 오는 곳이다. 무수한 질문들에 거부당하던 흐늘거리는 질문지를 손에 쥐고 추위에 떨며 들어서는 곳이다. 갈 곳 없는 영혼과 정신과 마음이 무게를 누군가라도 제대로 재워주길 바라며 스스로 올라서는 기요틴이다. 약한 모습을 보이면 득달같이 달려드는 것들에 대항하지 못해 잠시라도 숨고 싶은 곳이다. 그토록 맥없이 살고 있다는 것이 스스로를 환멸하다 숨을 몰아쉬다 시퍼런 얼굴로 거울 속으로 들어오는 곳이다. 고통의 원인을 알아도 알지 못해도 달라질 것이 없는 한탄들이 모이는 곳이다. 그리고 그 앞에 내가 홀로 마주 보고 있다.

망각의 중력에서 벗어난 이들이, 겉보기에는 과거를 찬미하는 이들이, 끝이 보이지 않는 애도를 멈출 방법을 모르는 이들이, 축축한 냄새만 새로 넉넉하게 획득한 이들이, 고작 한 문장으로 무너진 이들이, 그것이 영원 같아진 이들이, 고개를 돌리지 않아도 뒤로만 걷는 요상해진 그지없는 기적을 갖게 된 이들이, 생의 인트로가 아웃트로와 같아진 이들이, 그 무시무시한 간극 사이에서 어쩌지 못하는 이들이, 가시에 찔렸어도 이상하게 고통조차도 무뎌진 이들이, 마땅한 보상을 받지 못하고 그 대상을 자신을 향해 저격하는 이들이, 사랑하는 존재를 잃고 텅 빈 손을 어쩌지 못해 누구에게도 털어놓지 못할 강박증에 온 힘을 대신하는 이들이, 분명 가지고 있던 집으로 다시 돌아가기 위해 버티고 버티는 이들이, 자신을 살게 해주던 것들을 끝도 없이 되새기는 이들이, 누구에게는 들리지도 않을 소리에 천둥의 소리를 듣고 있는 이들이, 모든 기억에서 차라리 벗어나고 싶은 바닥을 본 이들이, 아련하고 아늑했던 기억들은 가지고 있지만 때로는 그것조차 어떤 힘으로도 상환하지 못하는 이들이, 시각적이던 감각이 청각과 촉감으로 급히 선회해버린 이들이, 마지막 영혼이라도 지키고 싶었던 이들이, 하지만 정작 그 마지막 영혼을 무어라고 표현할 수도 없는 이들이, 그나마 간신히 지켜왔던 정의가 고집이 되고 그 고집이 약점이 되고 그 약점으로 이용이 되고 그 이용에 잘못한 것 없이도 덜덜 떨게 된 이들이, 아무렇지 않게 걷던 길들이 가시같이 느껴져 방으로 얼른 돌아와 버린 이들이, 축축한 수건을 열이 나는 이마에 올려놓는 것이 아니라 스스로 만든 농도 짙은 수건을 눈가에서 떨쳐내지 못하는 비밀을 가진 이들, 그동안 알았던 것들이 무용지물이 되는 것들에 허탈하게라도 웃을 수도 없어진 이들, 무심한 인간들 사이에서 평범한 무심한 것들을 하나도 갖지 못해져 버린 이들, 여위어만 가는 영혼이 보여주는 것들만이 친구라고 여기게 된 이들, 몸만 불리는 불안감을 앞에 두지도 못하고 가쁜 숨을 내쉬는 이들, 더는 침대도 쉴 곳이 되지 못하는 밤들을 건너 도달한 아침에도 또 반복이라는 것에 좌절하는 이들, 그리고 그 앞에 내가 홀로 마주 보고 있다.

# 02

**F 329, F 388**

초진 환자가 왔다. 초진 환자의 경우에는 진료 시간이 조금은 길어진다. 미리 받은 정보를 빨리 인식하고 마음의 준비를 한다. 보통 F 329는 우울증, 그리고 F 388은 감정 장애를 지칭한다. 하지만 그건 기본이다. 진료실 안쪽으로 연결된 문으로 인턴인 의사가 문을 잠시 열고 조용한 목소리로 말했다. 자발성 침묵이에요. 나는 고개를 끄덕이고 문이 열리길 기다렸다.

그녀는 고개를 살짝 끄덕이며 내 앞에 앉았다. 손에는 노트와 펜을 들고 있었다.

안녕하세요.

내 말에 살짝 고개를 끄덕였다. 그리고는 노트의 맨 앞장을 펴서 내게 보여주었다.

저는 말을 안 해요. 하지 않기로 했어요.

우선 나는 눈빛으로 알았다는 표시를 전했다.

괜찮을까요?

그녀는 다시 노트의 한 면을 보여주었다.

나는 다시 고개를 끄덕였다. 괜찮다고.

그녀의 손가락은 아주 가늘고 여려 보였다. 그리고 손등에는 푸른 핏줄들이 도드라져 있었다.

얼마나 말을 하지 않았나요?

그녀는 마치 어린아이처럼 손가락 두 개를 만들어서 보여주었다.

두 달이요?

그녀는 고개를 저었다.

그럼 2년이요?

그러자 바로 손가락을 내리고 고개를 끄덕였다.

잠시 정적이 이어졌다.

혹시 여기가 처음인가요?

어떤 반응도 하지 않는다.

혹시 지금 드시고 있는 약이 있어요?

그녀는 노트에 이미 글자가 적힌 곳을 펼쳐 보였다.

자나팜.

통상적인 신경안정제다.

따로 불편하신 건 없나요?

고개를 살짝 젓는다.

잠은 잘 주무시나요?

어리석은 질문이지만 어쩔 수 없다.

그녀는 이번에도 어떤 의사 표현을 하지 않았다.

초진은 약을 많이 처방하지 못해요. 우선은 2주 분량만 드릴게요.

내 말에 그녀의 몸은 이미 문을 향해 일어서고 있었다. 그녀가 조용히 문을 닫고 나가자 바로 다음 환자가 들어왔다.

자발적인 실어증은 아주 희귀한 경우는 아니다. 말에 지치고, 말로 인해 곤욕을 당하고, 너무 많은 말을 듣고, 의도하지 않아도 괜한 구설에 오르고 침묵을 방해하는 것들에 환멸을 느끼다 보면 얼마든지 그럴 수 있다. 어쩌면 그녀 본인이 과거에 너무 많은 말을 했을지도 모를 일이다. 그래서 자신의 입술을 스스로 막는 것이 자신과 타인을 그나마 보호할 수 있다는 결론을 내렸을지도 모른다. 이런 추측들은 그녀가 다시 내게 온다면 조금씩 알 수 있을지도 모르겠다. 그러기를 바란다. 보통 집에 돌아오면 되도록 환자에 대한 생각을 하지 않으려고 한다. 특히 다음 날, 이른 진료가 있는 날이면 더하다. 누군가의 말을 들어주는 것에도 당연히 많은 에너지가 들어간다. 간단히 씻고 알람을 맞추고 침대에 눕는다. 잠이 들지 않아도 그저 누워있다. 그렇게 밤을 지새우고 출근을 하는 경우도 많다. 하지만 그녀를 잠시 만난 후로 마음이 복잡하다. 그녀의 직업은 무엇일까. 말을 스스로 접은 2년 동안 그녀는 무엇을 하며 살고 생존했을까. 말을 하지 않고도 사회생활을 하기에는 세상의 폭과 범주가 너무 좁다. 서비스업이나 말로 누군가를 상대하는 일은 당연히 불가능하다. 말을 하지 않아도 가능한 직업에 대해 생각을 해본다. 작가, 작곡가, 전문 마임 배우, 혹은 수어가 가능한 직업. 하지만 어떤 것도 그녀에게는 맞지 않는 것 같았다. 환자의 직업을 물어보는 건 금기 사항은 아니다. 하지만 나는 직업을 잘 묻지 않는 편이다. 내게 마음을 열고 스스로 말해주기를 기다리는 편이다. 나도 한때는 내가 하는 일에 대해 누구에게도 말하지 않고 지냈으니까. 내가 하는 일이 편견이 되는 건 질색이었고 무엇보다 그럴만한 만남도 거의 없었다. 병원에서의 나는 냉철하고 말을 섞지 않는 고지식한 의사로 인식되고 있다는 것을 잘 알고 있다. 환자들에게는 다정하고 특진이 늘어도 같이 일하는 동료들에게는 마음을 내주지 않는 인간으로 낙인이 찍혀있다는 것도 잘 알고 있다. 그들의 탓이 아니다. 실제로 내가 그러하니까. 딱히 특별한 이유가 있어서는 아니다. 사회성이 부족하고 빈말을 하는 것을 좋아하지 않을 뿐이다. 언제부터인지는 몰라도 그냥 표면만 바라보고 있다는 자괴감은 별 의미도 없는 각종 회의도, 의사들 간의 미묘한 경쟁도 피곤하기만 했다. 타인과 잘 어울리지 못하는 나에게 이곳은 직장으로만 여기려는 내 태도도 분명 있겠지만. 직업적인 자세이기는 해도 나는 타인의 말을 듣기를 싫어하지는 않는다. 종종 이런 조직 생활에 맞지 않는다는 걸 다시 절감하지만 늘 그럴 때마다 들려오는 소리가 있다.

선생님은 그 모든 고통의 덩어리들을 매일 마주하시는데 힘드시지 않나요?

그건 예전에 한 환자가 내게 던진 질문이자 안부였다. 나는 뭐라고 답을 찾을 수 없어 빈약한 대답을 했었다.

 네. 그래도 이런 저에게라도 속내를 털어놓으려는 분들이 있으니까요.

 지금도 그 질문을 받는다면 답은 같겠지만, 나만의 고통에 대해 말할 자리는 아니겠지만 유지해야 할 거리감은 철저히 지키고 있었던 터라 미안한 마음을 가지고 있다. 그저 궁금해서 던진 물음표라고 해도 말이다.


 나 역시도 F 329, 이며 F 388, 이다. 그것을 안다. 한 번도 부정한 적은 없다. 그저 지긋지긋하고 지난하기는 해도 이미 받아들인 지병이다. 가끔은 진료실에서 자나팜을 한 알 몰래 삼킬 때도 있다. 갑자기 완전에 가까운 소진 같은 상태가 몰려올 때가 있다. 그 바로 직전에 약을 꺼내 도둑질을 하듯이 목으로 넣는다. 나의 고통은 여기서 늘 뒤로 밀려난다. 그것이 얼마나 다행인지 모른다. 우스꽝스러운 비극을 행하고 차라리 어정쩡한 상태로 스스로를 만들어버린다. 그렇게 어느 정도는 드러난 고통에 나도 발을 맞추는 것이다. 그들보다도 더 용기 하나 없는 상태로. 그래. 그 환자의 말처럼 고통의 덩어리들을 매일 본다. 그리고 환자 중에서도 유독 마음이 쓰이는 이들이 있다.

중년의 그녀가 문을 열고 들어온다. 우리가 여기에서 만난 시도 벌써 십 년이 다 되어간다. 그녀의 얼굴을 볼 때마다 나는 처음 만났을 때의 모습을 기억한다. 자리에 앉아서 그녀는 한참 동안을 가만히 있었다. 그러다 떨리는 목소리로 말을 시작했다.

너무 평범한 이야기라서요.

그런 건 없어요. 편하게 말씀 주세요.

저는 보통의 전업주부였고 두 아이를 나름대로 열심히 키웠는데 그걸로는 부족했나 봐요.

최근에 무슨 일이 있으셨나요?

딱히 말하자면 아이들이 커가면서 저를 무시하는 느낌을 받았어요. 남편도 그랬으니 아이들도 당연한 일이겠죠.

그녀의 손은 거칠고 뼈마디마다 관절이 튀어나와 있었다. 가족을 위해 열심히 살아 온 사람의 손이다.

실은 얼마 전부터 가슴이 너무 답답해서 온갖 검사를 해봤는데 특별히 아픈 곳은 없다고 하는데 자주 숨을 쉬기가 어려워요. 그래서 왔어요. 마치 목 안에 커다란 덩어리가 있는 것 같아요.

어떤 상황일 때 더 그러신가요?

거의 집에 있기는 하지만 새벽이면 조금 더 심한 것 같아요. 실은 누구도 이해하지 못할 거라고 생각해서 말하기가 조금 두렵기도 하지만 어느 날 아들이 그러더라고요. 엄마는 다른 엄마들처럼 재능이 하나도 없어? 왜 그저 아빠에게만 기대어 사는 거야? 라고요. 제가 돈을 벌지는 못했지만 그런 이야기를 들으니 부끄럽고 또 화가 났어요. 그때부터 증세가 좀 심해진 것 같아요.

네. 우선은 그 덩어리가 무언지 알려드릴게요.

네?

보답받지 못한 희생.

하지만 엄마라면 누구나 저처럼 살지 않을까요?

그렇지 못한 사람들도 많아요.

내 말에 그녀는 왈칵 울음을 토해냈다.

저를 이해하세요?

네. 진심으로요.

감사해요. 정말.

그녀는 내 말에 대해 생각할 시간이 필요할 것이다. 나는 가벼운 신경안정제와 항 불안증약을 처방해주었고 그녀는 한 달에 한 번씩 나를 찾아왔다. 그리고 어느새 친구 같은 사이가 되었다. 처음에 약은 조금 그녀를 도와줬을 것이다. 그렇게 아주 조금씩 그녀는 나아지고 있었다. 가족과의 관계와는 별개로. 나를 만난 지 5년 가까이가 되어갈 때쯤 그녀가 진료실에서 환하게 웃었다.


선생님, 얼마 전부터 제가 시작한 일이 있어요.

마치 어린아이가 신기한 것을 찾아낸 듯이 그녀는 웃었다.

뭔데요? 너무 궁금해요.

초를 만드는 걸 배우는데 너무 재밌어요. 아직 초보자 수준이지만요.

너무 잘하셨어요!

나는 진심으로 기쁜 마음이었다.

우연히 동네의 가게에서 수강생을 모집한다고 해서 가봤는데 초를 만들 때는 복잡한 생각들이 사라져서 계속 다니려고요,

저는 잘 모르지만 무언가를 만드는 일에는 정성과 노력이 필요할 텐데 적성에 맞는 일을 찾으셔서 저도 축하드려요.

다 선생님 덕이에요. 어디에도 말하지 못했던 이야기들을 정성스럽고 따뜻하게 들어주신 것만으로도 저는 그저 감사하기만 해요.

그녀는 가방 안에서 포장된 무언가를 꺼냈다. 진료실에서는 어떤 물건도 나누지 못하게 규정되어 있지만 나는 받았다.

어설프지만 제가 만든 첫 초예요. 감사한 마음으로 드리고 싶어서요.

이걸 받아도 괜찮을지 모르겠지만 진심으로 고맙습니다. 잘 간직하고 종종 태울게요.

포장지에서도 은은한 향이 살짝 풍겨 나왔다.

간직하지 마시고 태우세요. 그러려고 초가 있는 거니까요.

그럴게요.

그녀의 말은 그저 그녀가 어떤 생을 살아왔는지 다시 상기시켜 주었다. 가족들을 위해 온 에너지를 쏟고 결국 다 타버린 촛농 같던 자신의 손으로 이제는 더 많은 초들을 만들게 될 것이다. 음식을 만들고 밥을 차리고 설거지를 하는 시간이야 여전히 있겠지만 초를 만드는 것에 집중할 때는 자신과만 같이 있을 것이다. 자신과 있으면서도 자신을 잊는 시간은 얼마나 중요한가. 그건 취미를 떠나서 사람을 살리는 일이다. 집으로 돌아와 열어 본 초가 그녀의 심지 같아서 한참을 바라봤다. 하지만 어쩐지 아까워서 불을 켜지는 못했다. 어느 날인가에는 불빛을 밝히게 되겠지만.

그 후로도 그녀는 새로운 초를 만들 때마다 내게 주고는 했다. 어둑한 내 방에는 초들이 하나둘씩 늘어났다. 그녀가 만든 초에는 꽃잎들이 들어 있기도, 작은 조개껍데기가 있기도 하며 색들도 더 다양해졌다. 석양의 여러 가지 색들의 그라데이션들이 초 속에 녹아들었고 온갖 계절들이 스며들어 있었다.

선생님.
네.
저, 이제는 약을 먹지 않아도 될 것 같아요.
네. 많이 강해지셨어요. 대단하세요.

저는 대단하다는 말을 선생님께만 들었던 것 같아요. 늘 제 이야기에 귀를 기울여 주시고 힘을 주셔서 처음으로 이해받는 기분이었어요.

타인의 이해가 누구에게나 중요하지만 그래도 자신을 일으킬 힘은 자신에게 있다는 걸 이제 굳게 믿으세요.

네.

그녀는 들고 들어 온 초들을 넉넉하게 주고 몇 번이나 인사를 하고 진료실 문을 나갔다. 아주 기쁜 순간이면서도 아쉬운 마음이 같이 섞였다. 나는 마음으로 그녀의 앞으로의 행보를 응원했다. 그녀뿐이 아니라 누구도 지나간 인생을 바꿀 수는 없지만 앞으로 살아갈 날들에는 축복만이 가득하기를.

# 03

## 침묵의 냄새

그녀가 다시 왔다. 자발적 실어증인 그녀. 나는 그녀를 진짜 이름 대신에 이니셜로 언급하기로 했다. Z. 알파벳의 마지막인.


잘 지내셨어요?

그녀는 아주 슬쩍 고개를 끄덕였다.

잠은 잘 주무세요?

저번에도 한 질문이었고 불면증이 당연히 있으리란 것도 알고 있었지만 다시 물었다.

그녀는 펜으로 노트에 무언가를 써서 내 앞에 보여주었다.

괜찮아요.

잘 잔다는 것도 아니고 못 잔다는 것도 아닌 애매한 대답이었다.

혹시 자나팜 말고 따로 드시는 약이 있어요?


그녀는 바로 고개를 저었다. 어쩐지 귀찮아하는 느낌을 받았지만 나는 먼저 질문을 할 수밖에 없는 을, 이 된 것 같았다. 입을 닫아서 불편한 게 아니라 그녀는 이야기 자체를 별로 필요로 하지 않는 것 같았다.

그러면 처방은 그대로. 다음에 또 봬요.

내 말에 그녀는 그렇게 짧고 간단하게 나가버렸다.

그녀의 목소리는 어떨까. 높은 톤의 여린 음성일까. 아니면 낮고

묵직한 음성일까.

침묵 속에서 지내는 것도 꼭 나쁜 일만은 아니다. 하지만 실은 목소리보다 그 침묵이 생성되기까지의 여정이 더 궁금하다. 그건 나 역시도 한 시절에 입을 꾹 다물고 살았었기 때문이었는지도 모르겠다. 늘 내 속에서는 존재했었지만 잊으려고 했었던 날들을 그녀가 불러오고 있다.


내 진공의 상태는 때로는 멍했고 때로는 시끄러웠다. 닥친 순간에는 멍했고 그 후에는 시끄러웠다. 그리고 그것은 수도 없이 반복되었다. 기본적으로는 입술을 닫았지만, 그녀만큼 오래, 한결같이 2년을 지내지는 못했다. 그때의 나는 열세 살이었고 학생이어서 그랬던 걸까. 나는 그저 조용하게 지내고 싶었을 뿐이다. 소리 없는 요동은 지금도 어려운데 어린아이가 뭘 더 할 수 있었을까. 그건 나에 대한 합리화가 아닌 놓아버림에 가까운 것이다.

그녀의 침묵에는 딱히 어떠한 긴장감이나 위화감은 크게 없었다. 자신의 의지로 아무도 없는 섬을 몰래 찾아 들어가 전혀 고독하지 않은 얼굴로 잔잔한 바다에 머무는 것 같았다. 연주곡 같은 파도 소리, 맨발로 고스란히 밟는 가벼운 모래알의 소리, 석양이 고요히 밝아오는 장면이 그려진다. 세상에서 자신이 원하는 소리만을 허락하고 촘촘한 성벽을 쌓아 그것에서 거주하는 것에는 어떤 시선에도 상관없기로 한 고집스럽고 자연스럽고 자유스러운 모습이 연상되었다. 그녀의 뒷모습을 따라 걸어 본다. 들키지 않게 살며시. 그녀가 앉아있는 곳에서 멀찍이 앉아있다가 산책하는 길을 따라서 조심스럽게 뒤를 따라 거리를 두고 걸으며. 조금 지나자 그녀가 갑자기 뒤를 돌아본다. 나는 그 자리에서 꼼짝도 하지 못하고 멈춰서 버렸다. 마치 범죄를 저지른 것 같았다. 하지만 그녀는 아무것도 본 적이 없듯이 다시 길을 걸어간다. 그리고 주머니에서 무언갈 꺼내서 바다에 뿌린다. 그건 말들이었다. 온갖 자음과 모음들이 금세 물에 섞어버려 사라진다. 주머니에서는 끝도 없이 글자들이 나오고 또다시 없어졌다. 그녀는 서두르지 않고 아주 천천히, 정성을 들여서 이별하듯이, 마치 영원 속에서 있는 것처럼 그 반복을 행동했다. 나도 그러고 싶었다. 고막 속에 깊게 들어있는 말들을 주머니에 넣어 다시는 내게 오지 않도록 멀리 보내버리고 싶었다. 그리고는 완전한 빈털터리가 되고 싶었다. 다시 태어날 수는 없어도 괜찮을 만큼. 하지만 이 모든 건 그저 나의 상상이다.

말에도 뉘앙스가 있듯이 침묵에도 결들과 냄새가 있다. 말의 우주가 있다면 침묵의 우주도 있다. 그 둘은 어딘가는 서로 관계를 맺고 있기는 해도 모양새는 아주 다르다. 같은 바탕에서 누워있지만 품고 있는 공기가 전혀 다른 별처럼. 때로는 말보다 침묵이 더 많은 소리를 담고 있다. 내면으로 파고드는 소리는 동시에 여러 가지 말을 품고 있듯이, 때로는 한마디 말을 뱉지 않고도 침묵은 갖가지의 감정을 담고 있다. 무언지는 몰라도 그나마 자신 속에 살아있는 게 있다면 그런 식으로라도 지키고 싶은 게 있을지도 모른다. 가끔 생각들이 묻는다. 과거를 잊는 일에 온 힘을 쏟을 것인가. 보이지 않는 미래를 최대한 그려가며 오늘이 거짓이라고 최면을 걸 것인가. 물건을 고르듯이 그것에 아주 작은 열망이라도 넣을 수 있다면 그건 지독한 고통이 아니다. 결론은 고통의 바깥쪽에서 서 있어야 한다는 것이다. 건강한 자아를 고르기에는 이미 글렀지만 어차피 내몸에 맞지 않는 것이라면 입어보지도 않는 편이 나을 때도 있다. 그러니 병, 이란 건 숨길 수가 없는 것이다. 지긋지긋한 병에도 익숙해지는 것이 가장 큰 병, 이다. 그 병, 을 놓아버릴 수도 없지만 그럴 수 있다면 또 다른 병, 이 찾아올 거라는 나쁜 비약이 그나마 간신히 추스른 진실이라면 얼마나 비참하고 보잘것없나. 하지만 그것이 오래된 현실이라면.

　나의 침묵은 기본적으로 방어였다. 타인을 향한 방어이자 자신의 분노에 대한 방어였다. 하지만 그런 내게 입술을 열라고 말해준 자는 아무도 없었다. 분노는 내 영혼 안에서 점점 더 깊게 내려가 자신의 자리를 잡았다. 소화가 되지 않는 것들은 밖으로 내보내 구토를 해야 하는 것이 맞는데 나는 그러질 못했다. 아무리 더러워도 내가 뱉은 것들을 눈으로 확인하고 물을 내릴 수 있었다면 차라리 나을 것이다. 뿌연 물음표들은 갈 곳이 없어 임시적인 마침표로 억지로 굳어졌다. 어쩌면 조금 더 과정이 필요한데 방법을 알 수 없어 건너뛰어 버린 것이다. 원래 진실은 불편한 것. 불편한 자세. 불편한 싸움. 불편한 비밀. 불편한 시선. 그리고 불편한 감내. 침묵이 최후의 수단이 된다면 그 전의 과정에는 말들이 분명 있다. 단 한마디라도. 언어로 소통되지 않는 무수한 것들에는 속내를 닫아 버릴 수밖에 없다. 나는 억지로 요구받았다. 무너지라고. 쓰러져서 기어 다니라고. 이유 같은 건 하나 없이도 말은 그토록 처참하게 상대방을 나락으로 빠트리는 건 아주 나쁜 일이다. 하지만 이미 그 말은 귀를 통해 영혼으로 이미 들어가 버렸으니 표피의 문제가 아니다. 그렇게 나는 말을 되도록 하지 않았었다.

그래서 Z의 침묵이 내게는 어떤 식으로든 자극이 되었는지도 모른다.

# 04

## 지독한 하나의 문장

**너는 인생을 망쳤어.**

그 이야기를 들을 때는 늘 혼자 있을 때였다. 그리고 내가 막 13살이 되었을 때였다.

아버지, 라고 불러.

엄마는 또 시작이었다. 도대체 몇 번째의 아버지인지 모르겠다. 아버지는 무슨. 보통 길어야 몇 달을 집에 머물다가 갑자기 환영처럼 사라지는 이들이 무슨 아버지인가.

게다가 늘 멀쩡한 얼굴로 그런 말을 내뱉는 엄마라는 사람도 이해할 수 없었다. 그냥 밖에서 만나면 될 일인데 굳이 집으로 끌어들이는 이유는 뭘까. 다섯 손가락도 넘어가자 이제 남자들의 숫자는 세지도 않았다. 게다가 집에 온 남자들은 대체로 기운이 없어 보이고 삶의 의욕도 없어 보였다. 그들 중에 두어 명 정도는 일을 하러 나가기도 했지만 대부분의 남자들은 그저 유유하게 방안이나 거실을 당당하게 점령하고는 했다. 그들이 하는 일이라고는 TV를 보거나 소파에 누워 단잠을 자는 것이 전부였다. 어머니는 무슨 생각으로 그들을 먹여 살릴 마음을 가졌는지 어린 나이에도 한심스러웠다. 차라리 돈이라도 많은 남자를 하나 잡아 왔다면 수긍 비슷한 감정이라도 가졌을 텐데. 도무지 대책이 없는 일만 저지르고 다닌다. 어머니가 하는 일은 자세히는 모르겠지만 방문 판매 같은 거였다. 지긋이 웃으면 예쁜 얼굴이니 고용되었을지도 모른다.

　이번 남자는 그 전의 남자들과 조금 달랐다. 키는 보통이었지만 좀 야윈 몸집에 늘 웃는 인상이었다.
　잘 부탁해.
　손을 내밀며 그가 말했다.
　내가 손을 내밀지 않자 머쓱하게 손을 다시 접으면서도 나를 나무라는 엄마에게 그러지 말라고 말을 했다.
　그는 부지런한 사람이었다. 엄마가 일을 나가면 집을 청소하기도 하고 내가 학교에서 돌아오면 식탁에 정성스럽게 음식들을 차려놓기도 했다. 그리고 원래 가지고 있었던 물건이었는지 커피 머신을 부엌의 한 모퉁이에 올려놓고 원두를 갈아 커피를 음미하며 마셨다. 일을 마치고 집으로 돌아온 엄마와 은은한 향이 나는 커피를 마시며 이야기를 나누는 소리가 내 방 안으로 들어왔다. 호탕하게 웃는 소리와 무엇이 그렇게 재밌는지 깔깔대는 어머니의 소리가 겹쳐져 들렸다. 그렇게 한 두 달이 지났다. 어느 일요일이었다.
　노크.
　놀라서 방문을 열자 그가 서 있었다.
　아직 어려서 커피를 마시는 건 좀 그런가.

그 남자는 김이 나는 커피를 손에 들고 있었다.

커피요?

응. 입에 안 맞으면 마시지 말고. 오늘 새로 간 원두가 연해서. 엄마한테는 비밀이다.

커피를 마시고 싶다는 마음보다 어색해서 나는 얼른 커피를 받았다. 그리고 방에서 커피를 후후 불어가며 한 모금씩 마셨다. 달달한 캔 커피는 마셔봤지만 뜨거운 원두커피는 처음이었다. 낯설었지만 괜찮았다. 원두의 향이 작은 방에 배어드는 것 같았다. 어쩌면 조금 괜찮은 남자일지도 모른다는 생각을 얼핏 한 것도 같다.


그러던 어느 날이었다.

엄마가 집에 들어와서는 갑자기 내 방의 문을 쾅쾅 치며 소리를 질렀다.

왜 문을 잠그고 있어? 열어!

나는 숙제를 하다 말고 일어나 방문을 열었다. 그러자 엄마는 방으로 들어와 다짜고짜 소리를 치기 시작했다.

너, 내 지갑에서 돈을 훔쳤지?

도무지 영문을 알 수 없었다.

무슨 소리야?

돈 오만 원이 없어졌다고!

나는 전혀 몰라. 그런데 왜 나한테 이래?

너 말고는 없잖아!

그럼 그 남자는요? 그 남자가 가져갔을지도 모르잖아.

애가 미쳤나. 그는 그럴 사람이 아니야.

그럼 나는 그럴 사람이고?

용돈이 적으면 말을 하라고! 혹시라도 다시 그런 일이 생기면 정말 이번처럼 조용히 넘어가지 않을 거니까 명심해.

도대체 무얼 명심하라는 건가. 나는 어머니의 지갑이 어떤 모양인지도 색도 모르는데.

세차게 닫힌 문을 다시 단단히 잠그고 바닥에 멍하니 앉아 있었다.


다음 날, 가방을 메고 방을 나가자마자 그가 서 있었다. 그동안과는 다른 눈동자의 기색에 나는 얼른 현관으로 가서 운동화를 되도록 빨리 신으려고 했다.

잠시만. 너.

그날따라 운동화에 발이 제대로 들어가지 않았다.

늦었어요. 학교에 가야 해요.

너, 나를 의심했지? 나는 다 알고 있다. 네가 어떻게 나한테 그럴 수가 있는지 참 슬프다.

나는 운동화를 꾸겨 신고 얼른 밖으로 나왔다. 숨이 가쁘고 정신이 없었다. 그 싫어하던 학교가 차라리 안식처 같이 느껴졌다. 나는 학교에서도 친구가 없었다. 학부모들의 정보로 수시로 남자만 바꾸는 어머니의 일은 이미 소문이 나서 애랑은 어울리지 마, 로 귀결되었고 내게 먼저 다가오는 아이는 없었다. 나는 그저 유령처럼 수업만 듣고 따로 다니는 학원도 없어 갈 곳도 없었다. 집으로 돌아가는 길에 먼 동네를 몇 번이나 돌고 돌았지만 결국 집으로 갈 방도 말고는 아무것도 없었다. 현관문을 열자 또 웃음소리들이 바로 귀에 박혔다. 음식이 차려진 식탁 앞에서 그 둘은 마주 앉아 있었다. 엄마조차도 내게 인사를 하지 않았다. 방으로 들어가는 나를 힐끗 보는 듯하더니 그걸로 그만이었다. 그래도 예전에는 간단한 저녁이라도 차려주는 시늉이라도 했는데. 방으로 들어와 가방을 내려놓자 배가 고팠다. 학교에서 조금 먹은 급식이 전부였다. 따로 간식을 사 먹을 용돈도 턱없이 모자랐다. 부엌 어딘가에는 라면이라도 있을 텐데 나갈 수도 없었다.

 며칠이 흘렀다.
 집으로 돌아오니 엄마는 없고 그 남자는 커피를 내리고 있었다. 집 안에 커피의 원두 알 향내가 풍겨 배어 있었다. 고개를 돌리지는 않았지만 나는 분명히 들었다.

**너는 인생을 망쳤어.**

처음에는 내 귀를 의심했다. 갑자기 이게 무슨 말인가. 그의 혼잣말인가. 하지만 분명 너는, 이라고 했다. 나는 반사적으로 뒤를 돌아봤다. 하지만 그는 그런 말을 한 적이 없던 사람처럼 평온하게 한 방울씩 떨어지는 커피만 보고 있었다. 하지만 환청이 아니다. 절대 아니다. 그런 말을. 어떻게. 앞뒤도 없이 내뱉은 지독한 문장 하나에 나는 덜덜 떨었다. 그날도 저녁을 먹지 못했지만 전혀 배가 고프지도 않았다. 그 말은 그렇게 시작되어 몇 년을 내게 연속적으로 던져졌다. 엄마와 같이 있을 때도 입술로 정확하게 소리를 내지 않고도 나와 눈만 마주치면 그 말을 했다. 그래. 그가 돈을 훔친 게 아니라면 기분이 당연히 나빴을 것이다. 하지만 나는 아니다. 엄마가 그저 착각했을 수도 있다. 그렇다고 그런 험악한 말을 계속 전하다니. 그건 비겁하고 나쁜 짓이다. 하지만 아무 말도 할 수가 없었다.

**너는 인생을 망쳤어.**

그 말은 묘한 주술이 걸린 듯이 사라지지 않았다. 마치 너는 앞으로 인생을 망치게 될 거야, 라고 미리 알려주는 나쁜 예언 같은 말의 확고한 단정이 나를 어떻게든 말살시키고 싶어 했다. 집요하고 열

렬한 악의 욕망이나 다름없었다. 나는 그 말을 지우기 위해 이불을 뒤집어쓰고, 숙제에 더 집중하려고 노력하고, 그나마 가지고 있는 몇 되지도 않은 책들을 손에 들고는 했어도 아무 소용이 없었다. 이불 속에서도 그 말은 생생하게 들려왔고 숙제를 놓치는 일이 많아졌고 책의 페이지는 넘어가지 않았다. 그 말에 지지 않기 위해, 함락당하지 않기 위해, 그 비열함을 웃어넘기기 위해, 더러운 농담을 들은 것뿐이라고 여기기 위해 무던히도 애를 썼다. 고막 속에서 그 말을 파버리고 싶었고, 차라리 멱살이라도 잡았을 걸 하는 심정에 시달렸고, 그랬다면 나를 공격하는 것에 재미가 없어져서 그만두지 않았을까 하는 상상으로 하루를 채웠고, 내가 성인이 아니라는 것에 분노했고, 엄마라는 존재에 대해 진한 거부감이 들기 시작했다.

한 번은 방과 후에 담임 선생님이 나를 따로 불러냈다.

요즘 무슨 일이 있니?

성적이 많이 떨어졌다. 아마 그 때문일 것이다.

수업에 전혀 집중하지 않는 것 같아서 이야기 좀 해보려고.

나는 할 말을 찾지 못하고 마음 안에서만 버둥거렸다.

실은 얼마 전에 네 어머니께 연락을 드렸었는데.

네? 왜요? 성적 때문에요?

내 놀란 얼굴에 선생님은 빨리 말을 이어갔다.

그 이유도 있었지만 선생인 내가 이런 말을 하면 좀 그렇지만 성적만이 전부는 아니야. 그저 네가 좀 걱정이 되는 부분이 있어서.

무슨 걱정이요?

친구들과 잘 어울리지도 않고 살도 좀 빠진 것 같고.

그래서 엄마는 뭐라고 해요?

선생님의 표정에서는 난감한 기색이 흐르다 결국은 털어놓았다.

그저 바빠서 나중에, 라고만 하시더라.

네. 저는 괜찮아요. 그리고 죄송한데 어머니에게 연락하지 마세요. 정말 바쁘셔서요.

나는 교무실을 나오며 그저 멍하기만 했다. 선생님의 온기보다 걱정이 앞섰다. 하지만 걱정할 필요가 없다는 것도 바로 깨달았다. 내 엄마는 그런 인간이다.


한참이 지난 뒤, 어쩌다 엄마와 둘이 있을 때 나는 그 이야기를 했다. 그 마음은 반의 시험과 반의 허접한 기대였다. 그 남자가 내게 그런 험한 말을 했다고.

그가 그럴 리가 있어? 제대로 들은 거 맞아? 그저 너의 망상이야. 지금 사춘기니까.

그 말이 다였다. 나는 진실로 절망했다. 사춘기까지는 어떻게든 참겠는데 망상이라니 그 남자와 다를 것 하나도 없다. 나는 이제 엄마마저 없는 고아나 다름없었다. 그 후로 나는 엄마에게도 입술을 닫았다. 망상, 이라니. 그렇게 성의 없고 또 상처를 주는 말을 그렇게 쉽게 할 수 있다니. 그때부터 나는 그 둘을 같은 묶음으로 증오하기 시작했다.

그는 교묘했다. 앞에서도 언급했듯이 겉으로는 전혀 흔적을 남기지 않으면서 내면을 헤집는 방법을 터득한 것만은 분명했다. 아예 몸에 상처라도 남겼다면 나는 그것이 회복되는 것을 눈으로 확인할 수도 있고 사진으로라도 남겨둘 수가 있다. 하지만 그는 아주 깊은 곳, 그러니까 나의 정신과 영혼으로 침범했다. 세상에는 그곳에 바를 어떤 연고도 없다. 닫힌 입술은 점점 더 무게를 더해갔다. 내가 할 수 있는 일은 고작 그와 마주치지 않기 위해 현관에서 내 방까지의 동선을 최대한 줄이는 속도를 높이는 것밖에는 없었다. 나는 작은 소리에도 늘 깜짝 놀랐고 세상의 모든 소리들은 뾰족한 칼날 같이 느껴졌다. 음악조차도 듣지 못했다. 작은 방안에 틀어박혀 어떤 소리도 방 안으로 들어오지 않게 창문도 닫아버렸다. 숨이 막혀왔다. 바닥만 바라보다 책상으로 몸을 일으켜 앉는 것만이 유일한 동선이 되었다. 하지만 그래도 내 영혼에서는 마치 펌프질을 멈추지 못하는 기계라도 장착한 듯이 그 문장이 들려왔다. 귀에서 피가 날 만큼 손가락으로 귀를 파고 또 파고는 했다. 아무리 힘을 줘봐도 던져 버릴 수 없는 무거운 철근, 아무리 힘을 빼봐도 뻣뻣한 마음, 아무리 넘겨버리고 싶어도 넘어가지 않는 어딘가에 들러붙은 종이처럼. 내 방은 유일한 도피처이면서 동시에 갑갑한 감옥처럼 변해버렸다. 숨을 몰아쉬면서도 방문을 열지 못한다.

그리고 어느 순간 엄마는 사라졌다. 이것 역시 처음 있는 일은 아니었다. 과거에도 여러 번 있었던 일이다. 하지만 이번에는 정말 난감했다. 이 집에서 그와 단둘이 있어야 한다는 자체만으로도 숨이 턱턱 막혔다. 문을 굳게 잠가도 엄마에게 전화를 거는 그가 정작 통화는 못 하고 소리를 지르는 목소리가 반복되어 방안으로 흘러들어왔다. 그 이후에는 혼자 지르는 거친 욕설이 들리고 냉장고 문을 거칠게 여는 소리가 들렸다. 엄마의 부재가 시작되자 그는 가끔씩이라도 하던 외출도 그만둔 건지 집에서만 있었다. 낮에는 학교에 있어서 그나마 괜찮았지만 늦은 저녁부터는 같은 공간에서 있을 수밖에 없었다. 그 전의 남자들은 엄마가 사라지면 며칠이 지나지 않아 알아서 나갔다. 하지만 이 남자는 그럴 생각이 없어 보인다. 그는 이 집에서 나를 불편해하지 않는다. 도리어 더 커진 분노의 먹잇감을 물었다는 표정을 대놓고 드러냈다. 내가 엄마의 실종 신고를 하지 않은 건 그저 그런 일이 예전에도 있었기 때문만은 아니었다. 엄마가 집을 나간 지 한 달 만에 나는 뒤늦게 영원한 통보를 발견했다. 방을 정리하다 다 낡아빠진 후드티의 모자 안에서 현금을 발견했다. 이백만 원. 그리고 낡은 갈색 봉투 안에 접혀져 있는 집문서도. 짧은 메시지 하나 없었다. 보통의 경우라면 어머니의 생사를 걱정해야 마땅하겠지만 나는 그것이 영원한 인사, 라는 것을 알 수 있었다. 우선은 현금을 이리저리 옮기다 결국은 눈에 보이지 않을 벽장 서랍의 칸 아래쪽에 검은 봉지로 단단히 밀봉했다. 그러다 잠긴 방문을 확인하고 지폐 하나하나에 연필로 나만 알 수 있게 숫자를 매겨놓고 만 원짜리 하나만 침대의 이불 속에 넣어 놓았다. 다음은 집문서였다. 나는 성인이 되려면 멀기만 했으니 어쩔까, 하다가 매일 들고 다니는 가방 속 교과서의 비닐 안쪽에 반을 접어 넣었다.

 다음 날, 수업이 끝나고 나는 처음으로 꼬깃꼬깃한 만 원짜리를 연신 확인하며 동네에서 조금 먼 곳으로 가서 생전 처음으로 돈가스를 사 먹었다. 처음에는 라면을 주문하려고 하다가 정말 먹고 싶었던 돈가스를 시켰다. 돈의 반이 사라졌지만 너무 맛있어서 거의 정신을 잃을 정도였다. 마지막 한 조각까지 다 먹고 집까지 천천히 걸어갔다. 몇 번이나 남은 오천 원을 확인하면서. 집에 가면 그 남자가 영영 사라졌길 바라면서. 하지만 그 남자는 질겼다. 이제 커피도 다 떨어졌는지 식탁에 멍하니 앉아 있었다. 방으로 들어가는데 갑자기 그가 내게 소리를 질렀다.

네 엄마 어디 있는지 너는 알지?

남자의 말에 피식 웃으며 방으로 들어가는데 더 큰 소리로 말했다.

어디 있냐고!

몰라요. 당신이 찾아보세요.

내 말에 의자를 박차고 일어나 방으로 들어가려는 나를 힘으로 돌려세웠다.

당신? 너, 지금 당신이라고 했어?

잘 모르시나 본데 당신은 존대하는 말이에요.

시퍼렇게 어린놈 주제에 지금 대드는 거야?

어떤 것도 섭취하지 못한 불만으로 가득 찬 눈동자. 하지만 더는 두렵지는 않다.

무슨 집에 먹을 것 하나 없냐고!

나는 안다. 배고픔이 얼마나 괴로운지. 하지만 사지가 멀쩡한 어른은 밖에 나가서 뭐라도 할 수 있다.

이제 없잖아요.

뭐가?

당신을 거둬주던 여자가.

뭐?

사실이잖아요.

그가 잠시 멍한 사이에 나는 나도 모르게 말을 했다. 그의 방식대로. 똑같이 되돌려 주었다.

**당신의 인생은 결국 망가졌네.**

그는 멍한 얼굴로 잠시 있다가 몇 초가 흐른 뒤에 내 멱살을 잡았다.

뭐? 다시 말해 봐!

나는 그의 눈을 똑바로 맞추며 말했다.

**당신은 인생을 망쳤다고.**

나의 말에 그는 더 세게 내 멱살을 잡았다.

다시 한번 말해 봐!

얼마든지 해드리죠. 당신의 인생은 망가졌다고! 아니야? 당신만 원하던 여자는 이제 없잖아? 왜 여기서 버티고 있는 거야?

왜 그런 말을 하는 거야?

그의 눈가가 파르르 떨렸다.

왜라니? 그저 명확한 사실이잖아. 엄마는 이미 당신을 떠났어. 이런 일은 처음도 아니거든.

뭐라고?

내 엄마이기는 해도 한없이 자유로운 영혼이지. 그걸 당신은 몰랐어?

내 멱살을 쥔 손에서 힘이 서서히 풀리면서 그는 바닥에 주저앉지 않으려고 안간힘을 쓰고 있다.

아까 한 말을 다시 해봐. 이 어린 게.

당신도 내게 그랬잖아. 그래, 내 인생은 망했어. 하지만 나보다 더 망한 건 당신이야. 나는 그 말을 똑같이 한 것뿐인데.

내가 뭘?

정말 기억을 못 하는 거야?

뭘?

내게 늘 말했잖아. 너는 인생을 망쳤다고.

단 일 초도 지나지 않아 그가 말한다.

내가? 미쳐버린 놈이 하지도 않은 말로 사람을 잡네.

헛웃음이 터져 나왔다. 한 번도 아니고 그토록 말로, 눈동자로, 눈짓으로, 종종 웃음을 지으면서 자신이 했던 그 말과 몸짓을 어떻게 잊을 수 있을까. 타인의 영혼을 헤집어놓고 어떻게 그토록 태연할 수 있을까. 그건 완벽한 거짓말이다. 비겁하고 허술하기 짝이 없다. 하지만 그는 정말 기억이 나지 않는 얼굴로 자신을 무장했다.

당신, 당신은 자신이 한 말도 기억에 없어? 아니면 하기 싫은 거야? 기가 막히네.

어디서 어른에게 대들어?

당신은 어른이 아니야. 나이만 먹으면 어른인가?

그의 눈에 성난 핏줄기가 생겨났다.

나는 다시 힘을 주어 말을 했다.

**너. 는. 인. 생. 을. 망. 쳤. 어.**

내 말에 그는 멍한 얼굴이 되어 비틀거리며 방으로 들어갔다.

진짜 너무 시시했다. 너무 시시해서 영혼까지 내 안에서 삐져나와 웃을 것 같았다.

나는 처음으로 울면서 웃었다. 그런 자신이 미친 게 아닐까 싶을 정도로. 울어본 기억이 거의 없다. 그리고 웃어본 기억도 없다. 하나도 통쾌하지 않았다. 도리어 슬펐다. 복수, 비슷한 말을 해대고도 달라진 건 아무것도 없었다. 주술도 주문도 전혀 풀리지 않았다. 이미 내게 깊숙하게 박혀 버려 빼낼 수가 없다. 내 영혼에 이미 단단하게 터를 잡은 그 말은 주인이 나라고 작정한 듯 도무지 움직이질 않는다. 너무 오래되었다. 세뇌라는 건 그런 것이다. 반복을 통해 각인을 과정으로 거쳐 자리를 잡는 것이다. 고약하고 나쁜 입자들이 모여 정신적 범죄를 저지르고 나는 당했고 다시 돌려줬지만 그건 완벽한 반납이 아니다. 상대방이 피가 줄줄 흐르든 상관하지 않는 이들은 늘 자신 대신에 무너질 존재를 찾아낸다. 우위에 있고 싶은 욕망이 양심보다 더없이 묵직한 인간들은 종종 그런다. 대상만 바뀔 뿐 아마 영원히 지속될 것이다. 그것은 행한 자에게는 설핏 채움, 이라고 여길지 모르겠지만 아마 그런 희열도 오래가지 않을 것이다. 채움, 이란 그런 것이 아니다. 그건 대체적으로 좋은 단어다. 그들에게는 쓰이지 말아야 하는. 이름이 무엇이든 그 잔혹함에 이름이 있든 없든 상대방은 자신을 보호하고 사랑하는 법을 배우지 못하게 된다. 껍질이 생기기도 전에 먼저 와서 할퀴어대니까 더 성이 나버린 상처는 깊어진다. 아무 의미 없이 한 말이 더 나쁘다. 그거야말로 의도이기 때문에. 누군가가 말실수를 몇 년이나 하는 것은 내 잘못이 아니다. 그런데 거짓말이라고 해도 전혀 기억이 나지 않는다고 말하면 그건 명확하다. 확실하게 기억하고 있는 것이다.

# 05

## 언어들의 무덤

그녀는 일주일 사이에 더 말라보였다.

식사는 제대로 하시나요?

그녀는 또 가장자리가 낡은 노트를 펼쳤다.

괜찮아요.

방어다.

그녀가 거리감을 유지하고 있는 것은 전혀 놀랍지 않다. 이 진료실에서도 누구나 시간이 필요하다. 털어놓을 사람이 있다면 어쩌면 여기까지 오지 않았을 것이다. 가만히 그녀의 눈을 맞추자 그녀는 바로 내 눈을 피해버렸다. 그래서 나도 눈동자에서 힘을 빼고 하나의 질문을 던졌다.

침묵하시는 이유를 언젠가는 제게 들려주실 용의가 있나요.

내 말에 그녀의 표정은 차가워졌지만 잠시 멈칫거리다 노트에 글자를 썼다.

모르겠어요. 하지만 지금은 이 침묵을 깨고 싶지는 않아요.

나는 고개를 끄덕였다. 동의한다는 의미로.

그녀에게 침묵은 자신의 생이 취할 수 있는 여러 가지 형태 중 하나일지도 모른다. 천천히 다가가야 한다. 마음이 급할수록 더 천천히. 아무렇지 않게. 하지만 아무렇지 않게, 라는 말은 너무 이상하다. 어떻게 아무렇지 않을 수 있을까. 내가 아무렇지 않길 바라는 환자는 거의 없다. 어떤 식으로든 분출하고 싶어 하는 마음이 얼마

간은 있기 마련이다.

당사자가 말을 하기를 원하지 않는데 내가 그걸 굳이 어린아이도 아닌 성인에게 요구할 수 있을까. 어쩌면 나는 평소보다 더 감정적인지도 모르겠다.

의학적인 용어로는 선택적인 함구증, 이라고 불린다. 기본 원인은 불안과 불편이다. 똑같은 상황에 놓여도 유독 억압에 대한 감정이 크고 그것을 풀 수 없을 때 마음의 고립으로 나타나는 것이다. 누구보다 주변의 공기를 잘 감지하고 관찰하기도 하지만 자신을 드러내는 것을 어려워하는 결론에 다다르면 침묵을 선택한다. 이건 실은 응급 상황이다. 말을 하지 않는 거 때문이 아니라 그 속에 고여있는 침전물들을 이해하고 빼내야 하는 것이다. 무엇이든 오래 쌓이면 퀴퀴한 냄새를 풍기듯이 세상과 절연한 그 무엇에 눈과 코와 귀와 다른 나머지의 모든 감각들을 열어야 한다. 하지만 그걸 자청하는 인간들은 별로 없다. 당연하다. 자신의 냄새만으로도 버거운 인간들이 굳이 귀찮은 일을 만들지는 않을 것이다. 어쩌면 성인의 선택적인 함구증을 존중해야 하는 건지도 모른다. 그녀의 입술에서 결국은 말을 튀어나오게 하는 것이 내가 진정으로 바라는 것일까. 그녀가 억지로 입을 열면 그녀의 세상이 달라질까.

나는 옳지 않다. 그녀의 침묵 속에는 분명히 어떤 이유가 있겠지만 나의 트라우마와 연결시키는 것은 옳지 않다. 동질감이 가진 죄책감으로 중심을 잃게 될 것이라는 것을 알고 있으니까. 이제 고작 세 번을 만난 것이다. 그녀가 도움을 청한다면 그 몫을 해내야 하는 것이 내 일이고 내 직업이다.

다음 만남으로 그녀는 여전히 손에 노트를 들고 진료실에 들어왔다. 몇 마디의 형식적인 안부에는 똑같이 괜찮다는 글자를 보여주고 나는 끄덕인다.

혹시 실례지만 하고 계신 일이 있나요?

그녀는 잠시 망설이더니 들고 있던 펜으로 글자를 적어 보여주었다.

번역 작업을 해요. 이것저것.

아. 그렇다면 굳이 말을 하지 않아도 되는 직업이지 않을까.

그녀의 기분은 별로 좋아 보이지 않았다.

하루 중에 가장 편한 시간이 언제이신가요?

그녀는 내 질문에 뜬금없다는 표정을 지었지만 그래도 다시 글자를 적었다.

없어요.

좀처럼 거리감이 줄어들지 않는다. 나는 똑같은 처방을 하고 그녀는 금세 사라졌다.

한때는 나의 결핍과 분노를 심지로 삼았던 적이 있었다. 분노로 가득 차서 떨어진 성적을 다시 만회하기 위해 미친 듯이 공부했고 밤을 밥을 먹듯이 새우는 것이 일상이 되었고 그와 동시에 입술을 닫았다. 독해지고 싶었다. 시간은 느리기만 했다. 나는 얼른 어른이 되고 싶었다. 그것 말고는 방도가 없었다. 어른이 된다고 해도 갑자기 인생이 달라지지는 않겠지만 그래도 조금은 강해지지 않을까 하는 막연한 생각을 하곤 했다. 이 세상 어디에도 나의 고통에 귀를 열어 들어 주거나 보상해줄 사람은 아무도 없었다. 나중에 그토록 무수한 정신에 관한 책들을 읽고 연구를 하고 논문을 작성해도 그건 나를 위한 것이 아닌 결국은 타인을 위한 지침서였다. 나의 무덤은 견고해야 했다. 더 잠식하지 않기 위해, 더 가난하지 않기 위해, 더 바닥을 칠 것도 없이 바닥에서 1cm, 라도 올라오기 위해, 내가 들은 말이 틀렸다는 것을 증명하기 위해 몸의 피곤은 아무것도 아니었다. 정신 의학과를 선택한 것도 실은 우연이었다. 수시로 넣은 대학 중에서 유일하게 장학금을 주겠다고 했기 때문이었다.

그 남자는 끈질기게 버티고 버티다 결국 사라졌다. 엄마가 없이도 일 년 가까이를 지냈으니 대단한 인간이다. 어느 날, 학교에서 돌아와 커피 머신이 없어졌다는 걸 알고 안방을 살피는데 방은 고요했다. 지금 안방을 살필 때가 아니다. 나는 미친 듯이 뛰어 내 방으로 들어와 돈을 숨겨둔 곳으로 달려가며 제발, 이라는 말을 몇 번이고 반복했다. 거의 기도하는 심정이었다. 다행히 돈은 그대로 있었다. 아무도 없는데도 방문을 다시 잠그고 돈을 세보고, 또 세보기를 반복했다. 그대로 있었다. 그 남자가 어디로 갔는지는 전혀 궁금하지도 않다. 나는 집 근처에 있는 철물점에 가서 현관의 열쇠를 아예 새로운 것으로 바꿔버렸다. 피 같은 돈이 나갔지만 하나도 아깝지 않았다. 그렇게 나는 성인이 될 때까지 혼자 살았다. 간신히 방의 문을 활짝 열고 최소한의 음식으로 버티며 혼자 살아 냈다.

소리를 차단한 세상을 상상하기는 어렵지 않다. 전혀 없었던 일을 상상하는 것과 무게감이 다르다. 대신 욱신거리는 통증이 느껴진다. 차라리 무서운 공감이다. 어둡고 축축한 곳의 동지가 있다는 것이 슬프다. 침묵은 그저 고요한 것이 아니다. 더 많은 소리를 소유하고 있다. 그저 더 많은 소리를 내지 않기 위해 선택할 수밖에 없던 바닥이다. 들려오는 소리를 막을 방도는 없어도 침묵은 자신의 의지로 가질 수 있다. 그렇게라도 누군가는 살아간다. 고통은 애써도 사라지지 않지만 소망 없이도 살아간다. 의지의 문제라고만 생각하는 타인의 이론 같은 건 상관없이도 살아간다. 건강하고 행복하기만 한 이들도 없겠지만 편히 숨을 내쉬는 일이 얼마나 커다란 축복임을 아는 이들에게는 마음은 하염없어도 하염없이 지나가는 시간

없이 살아간다. 어쩌다 우울한 날이 있는 이들과 어쩌다 우울하지 않은 날이 있는 이들의 생은 아주 다르다. 같은 시소 위로 올라가 놀 수도 없을 만큼, 몸무게가 다른 체급이라 만날 일도 없을 만큼, 모국 어와 생전 처음 보는 고대의 언어를 한 탁자 위에서 놓고 수시로 오 가며 같은 이야기를 할 수 없을 만큼, 포기한 소망과 자잘하게 남은 본능들이 서로 눈을 흘길 만큼 거리도 없을 만큼, 조율이 되지 않은 악기들이 엉켜 이상한 잡음을 내도 별수 없다는 뒤틀린 관절을 일 부러 외면할 만큼, 딱 그만큼의 생을 살아간다.

# 06

## 종이로 만든 집

숨기고 싶은 것들이, 드러내지 않으려고 무던히 애쓰는 것들이, 입을 막는 자신의 손아귀 사이로 기어이 비집고 나오는 것들이, 억지로 만든 필터에도 걸러지지 않는 것들이 나를 형성하고 있다고 생각하면 가끔은 미칠 것만 같다. 명확한 증상은 있어도 들이밀 증거는 없다. 그것은 그저 절망의 표식이다. 억지로라도 봉인을 할 수밖에 없는 것들은 물음표로 가득한 봉인보다는 억지로라는 것에 나는 스스로 갈 곳을 차단해버렸는지도 모른다. 하지만 가고 싶은 곳이 있기는 할까. 나는.

끈적이면서 동시에 미끈거리는 기억들은 집을 옮겨도 따라왔다. 기억과 영혼을 낡은 집에 놓고 영영 문을 닫아도 집요하게 달라붙으니 그건 내 속에 있는 것이지 단지 공간만의 문제가 아니라는 것도 알고 있으면서도 나는 자꾸 닫는다. 이제는 문이 아닌 나를. 언제든 무너져도 전혀 이상할 것 없는 그 집의 재료는 종이였다. 융통성이 없고 나쁜 말들이 가득하고 무책임한, 비어 있는 힘 없는. 다만 불합리함으로 끝이 없는 종이가 계속 탄생하는 기묘하고 이상한 집. 편히 눈을 감을 수도 없고 단잠 같은 건 사치가 되는 개인적인 감정들로만 가득한 집, 너무나 연고 없는 많은 타인들이 오고 갔던 난잡한 집, 노숙자의 냄새들로 가득한 집, 시야를 흐리게 해야 견딜 수 있었던 집, 허구보다 더 허구 같은 집, 온기 같은 건 전혀 없는 집, 얇아 보이는 종이에 자꾸 어딘가를 베이는 집, 따가워서 살펴도 몸에는 전혀 흔적이 없는 집, 현관문을 열 때마다 위축되는 심장의 쪼그라드는 것을 생생하게 느끼는 집, 커피를 내리는 소리가 독을 묻힌 화살 같이 변해버린 집, 우울은 있어도 몽상은 없는 집, 이미 깨져버린 사기 같은 것만 가득한 집, 감동이 아닌 놀람으로 쭈뼛대는 솜털을 매일 일으켜 세우는 집, 지독한 언어와 극한의 침묵이 공존하는 집. 그리고 절대 내가 먼저 언어를 만들어내지는 않는 집.

 오늘은 그녀의 진료가 있다. 조심스럽기는 해도 그녀를 만나고 싶었다. 하지만 그녀는 오지 않았다. 예약 변경을 하지도 않았다. 그저 오지 않았다. 간호사가 잠시 쉬는 몇 초 동안에 내 진료실 문을 열고 말했다. 그 환자, 전화를 안 받네요. 다음 환자로 넘어갈게요. 그전에 한 질문들이 그렇게 특별한 것은 아니었다. 그 질문에 답도 어쨌든 했었다. 하지만 어느 부분이 그녀를 건드렸을지도 모른다. 갑자기 중간에 발길을 끊고 다시는 오지 않는 환자들도 종종 있었다. 정신 의학과 의사는 세상에 무수히 많다. 의사를 자유롭게 선택을 하는 건 환자의 마음이다. 환자는 넘쳐나고 의사도 넘쳐나는 세상이니 특별한 일도 아니다. 한마디 말도 없는 이별들도 넘쳐나는 세상이다. 하지만 어쩐지 마음에 걸린다. 나는 조금 멍한 기분으로 환자들을 만나고 약을 처방하고 조절하고 인사를 주고받고 말을 하고 수없이 열리고 닫히는 문을 보다 여기에서의 하루 일정을 어렵게 끝냈다.

　그래. 벗어나자. 멀리 떨어지자. 아니, 이 말은 정확하지 않다. 내가 그녀를 찾아갈 수는 없으니. 몇 번도 되지 않은 그녀와의 만남은 내게 과거를 다시 소환하는 매개체가 되어주고 말았지만 그건 전혀 그녀의 잘못이 아니다. 그저 내가 가졌던 트라우마를 스스로 불러냈던 나약한 나의 사적인 과거의 문제였을 뿐이다. 차라리 그녀가 오지 않길 바라는 마음도 들었다. 동시에 그보다 더 다시 그녀를 만나고 싶다는 마음의 묵직함 때문에 나는 자신이 혐오스러웠다. 지겹다. 신기하다. 지긋지긋하다. 궁금하다. 지친다. 다시 떠오른다. 지운다. 눈을 감는다. 다시 눈을 뜬다. 오래된 절망에서 곰팡이와 닮은 냄새를 맡는다. 잠이 오지 않는다. 자고 싶다. 하지만 악몽을 더는 꾸기 싫다. 너무 피곤하다. 시간이 아주 느리게 흐른다. 시계를 보지 않는다면 정말 시간이 멈춰진 것처럼. 손바닥에 수면 유도제를 들고 바라보다 잠시 망설인다. 그러다 내 속으로 넣어 버린다. 침대에 눕는다. 이불을 머리끝까지 덮는다. 하지만 몇 분도 버티지 못하고 다시 일어나 와인을 급히 몇 모금 마시고 다시 이불 속으로 들어갔다. 이번에는 몇 초도 되지 않아 다시 일어나 수면 유도제를 망설임도 없이 삼켜버렸다.

나는 부지런히 짐을 싸고 있다. 하지만 급한 마음과는 달리 물건들은 손에 잡히지를 않는다. 어디론가 가려고 했는데 목적지도 생각이 나질 않는다. 아아. 그래. 나는 섬으로 가고 싶었지. 그 섬은 꿈속에서만 가봤던 섬이다. 말로 표현할 수 없을 만큼 아름답고 평온만이 가득했던 그곳. 사람들은 몇몇 있었고 입을 벌리고 고함을 치는 것 같은데 이상하게도 소리는 들리지 않는 꿈. 비행기에서 내려 누군가의 안내를 받아 박물관 같은 복도를 지나면 바로 그 섬이 있었다. 그리고 좀 걸어가다 보면 내가 반했던 섬이 있었다. 나는 그 얕은 해변에 발을 담그고 파도 위에 있는 사람들을 바라본다. 영원히 있고 싶은 곳이었다. 아름답고 찬란하고 평온한 곳이어서 천국인가, 하고 생각했다. 지상에 있는 어떤 섬에서도 이런 광경은 없을 것만 같았다. 하지만 꿈속에서도 나는 이방인이라는 사실은 잊지 않았다. 꿈은 내가 파도 속으로 들어가기도 전에 아쉽게도 끝이 났고 여운만 남겼다. 하지만 꿈에 갑작스러운 변화가 생겼다. 분명 그 섬으로 갔는데, 아는 길을 따라 걸었는데 어느새 나도 모르게 가파르고 너무나 높은 아찔한 절벽 위에 있었다. 내가 아는 섬이 아니다. 어깨에 메고 있던 가방도 없다. 절벽에서 뒤로 물러나려고 안간힘을 쓰고는 있기는 했지만 마음처럼 몸이 움직이지를 않는다. 자꾸 무서운 절벽 아래로 향해 몸이 기울어지고 있다. 그때였다. 내 뒤에서 순수한 음성이 들렸다.

여기는 위험한 곳이에요.

고개를 돌리자 열 살이 갓 넘은 듯한 소녀가 있었다. 작은 손에 책을 한 권 들고 있었고 맨발이었다. 처음 보는 아이는 나와 눈이 마주치자 작은 한숨을 내쉬고 말했다.

그런데 너는 왜 여기에 있어?

내 말에 소녀는 비밀스럽게 피식 웃고는 내 질문에 대한 답은 하지 않았다.

이 책을 오늘까지 반납해야 하는데 아직 조금 더 남아있어요.

나는 당황해서 그저 멍하니 소녀를 바라봤다.

뭐라고?

이 책이 너무 좋은데 다시 데려다줘야 해요.

아, 여기에 서점이 있어?

내 말에 소녀는 입술을 조금 내밀고 천천히 말했다.

아저씨, 내 말을 제대로 이해하지 못한 것 같은데. 당연히 여기에 서점은 없어요. 대신 저기 뒤로 가면 책을 빌려주는 곳이 있어요.

아, 미안해. 절벽이 무서워서 좀 정신이 없었어.

왜 무서워요?

너는 무섭지 않아?

무서워요. 하지만 가끔은 책들이 더 무서워요.

무슨 말이야?

너무 슬프거든요.

총명한 아이다.

이제는 정말 책을 돌려주러 가야 해요. 다시 빌리더라도 약속은 약속이니까요. 절벽이 무서우면 저랑 같이 가실래요?

나는 소녀를 따라 간신히 절벽에서 조금씩 멀어지자 안도했다. 그 소녀를 따라가자 정말 거짓말처럼 작은 가게가 나왔다. 묘하기만 했다.

여기요.

책을 받아 든 남자는 내게 눈길조차 주지 않았다.

안녕. 또 만날 수 있으면 만나요.

소녀는 맨발로 어디론가 뛰어갔다.

나는 멍하니 서 있다 이곳에서 빨리 나가야 한다는 생각만 들었다. 하지만 그와 동시에 나는 다시 절벽 위에 있었다.

그 순간, 나는 물의 기묘하고도 치명적인 중력에 끌리듯이 절벽 아래로 갑자기 낙하했다. 내 의지는 아니었지만 추락을 하는 동안 내 몸의 모든 장기가 밖으로 튀어나올 것 같은 고통을 순간순간 절절하게 느꼈다. 절벽의 높이만큼의 시간을 거쳐 나는 물속으로 떨어졌다. 어둠을 집어삼킨 듯 무서운 짙은 초록색에서 버둥거리다가 간신히 자갈이 있는 해변 근처로 나오자 내 몸은 그저 덜덜 떨리고 있었다. 완벽한 두려움으로. 나는 간신히 고개를 위로 향해 내가 떨어진 절벽을 가늠했다. 그런데 절벽은 아예 없었다. 마치 처음부터 존재하지도 않은 것처럼. 그때, 갑자기 여기는 꿈속이라는 생각을 간신히 했다. 눈에 보이는 자갈로 손을 내밀어 내 다리라도 치려던 순간에 어렵게 눈이 떠졌다. 한동안은 몸이 움직이지 않았는데 나를 일으킨 건 구토였다. 나는 어기적거리며 욕실로 가서 내 안에 들어 있는 물들을 버리려고 해봤지만 나오는 건 아무것도 없었다. 떨어지는 건 식은땀뿐이다. 왜 이런 꿈을 꾸는 걸까. 나는 그저 그 평온했던 섬으로 가려던 것뿐이었는데. 이제 그 섬조차도 잃어버린 것은 아닐까. 다시 그 평온한 섬에 갈 수 있을까.

슬픔이란 주어를 잃고 허둥대는 목적어가 되는 일, 텅 비어 있는 껍질로 남아 자꾸 몸을 웅크리는 일, 이 지상에서 벗어나고 싶은 욕망이 강력한 이스트가 되어 한없이 부풀어 오르는 일, 애착이 없다는 사실 안에 들어있는 공허함을 어쩌지 못하는 일, 무기력과 알 수 없는 초조함이 섞여 기묘한 먼지만 쌓여가는 인간이 되는 것을 대책 없이 느끼는 일. 그리고 하얀 밀가루의 입자 하나 없이 가늠하기 어려운 한밤을 지금처럼 걷는 일. 너무나 초라한 어떤 것. 내게 슬픔이란 갑자기 발생하는 무엇이다. 구체적으로 말하자면 예상하지 못한 던져지는 말이 가진 위력이다. 호기심을 가지고 질문하는 마음과는 애초부터 다른 결정을 내리고 전하는 통보 같은 말이 싫다. 두렵고 더럽다. 그것에 휘말리지 않기 위해 애를 쓰는 것부터가 그것에 말려 버렸다는 사실을 인지하는 것이 싫다. 좋은 말도 지나치면 의심을 하기 마련인데 하물며 저주의 말들에는 이제는 아예 의심조차도 품지 않게 되어버린 오랜 자신이 싫다. 정신은 몇백 년을 산 것 같은데 내가 하는 건 그저 초라하다. 들숨 보다 날숨의 농도가 길어져 버렸다. 그림자보다 어둑한 내가 진해져 버렸다. 증발하기를 원하는 것들은 절대 스스로 소멸되지는 않는다. 서로에게 아무런 이득도 없는 존재들만 매번 부딪히고 각자 나름대로 살아가다 또 만난다. 과거는 사라지지 않는다. 조금 희미해졌다고 믿을 뿐이다. 그 희미함을 꼭 붙들고 생존을 위해 살기 위해서는 또 얼마나 많은 수고와 노력이 필요한지 안다. 그건 자신의 몸으로는 도저히 들 수 없는 철근을 일으키는 것이나 다름없다. 안녕, 이라고 수백 번 말하고 또 수천 번을 뒤돌아봐야 하는 것이다. 그래도 무언가는 남아있다.

 그녀가 죽었다. 얼마 전까지만 해도 밝은 얼굴로 인사를 하고 직접 만든 초를 가져다주었던 그녀가 스스로 생을 마감했다. 그 사이에 무슨 일이라도 있었던 것일까. 아니면 이미 생을 마감하기로 결정하고 마지막으로 초들을 만들었던 걸까. 나의 보람이 사라지는 건 상관없다. 하지만 이제는 그녀가 세상에 없다는 사실이 도무지 믿어지지 않았다. 차라리 죽음의 원인이 사고나 병이었으면 덜 했을까. 소박하지만 조금씩 자신만의 즐거움을 이제야 찾아내던 그녀의 마음은 어디로 가고 다시 어둠이 그녀를 사로잡았을까. 아니면 완벽하고 지독하게 찬란한 최면이 온 힘을 다해 발산된 걸까. 나는 그래도 알아차렸어야 했다. 적어도 나는. 말로 표현할 수 없는 죄책감이 나를 멍하게 만들었다. 오늘도 진료 일정이 빼곡하다. 간신히 정신을 붙들고 일과를 마치자 의자에서 일어설 힘도 없었다. 내가 알던 환자가 스스로 생을 마감하면 의사들은 트라우마를 겪는다. 이런 일이 처음은 아니었지만 유독 괴로웠다. 그녀는 내게 특별한 환자였다. 나는 간신히 몸을 일으켜 집으로 갔다. 도저히 차를 운전할 수 없을 것 같았다. 택시를 타고 가는데도 험한 산길은 그녀의 절망이 나를 운반하는 것처럼 멍하니 덜컹거렸다. 왜 그녀는 그렇게 갔을까, 라는 질문만 둥둥 떠다녔다. 슬프고 분노하고 안타깝고 또 화가 치밀었다. 이제야 다른 것에 간신히 발을 붙인 그녀를 세상은 왜 가만두지 않았던 걸까. 누군가 조금이라도 행복하면 그 얼굴을 보지 못하는 신 같은 게 있는 것일까. 그것이 얼마나 어렵게 찾은 간절한 실 날 같은 것이었음을 누가 알기는 할까. 그녀가 다른 것에 집중하는 것을 가족들이 업신여긴 걸까. 그 정도의 권리조차도 그녀가 가질 수 없는 것일까. 쉽게 자식을 버리고 잘 지내는 인간들도 널렸는데 왜 그녀는 그것의 반의반이라도 뻔뻔하지 못했을까. 이해한다. 너무나 이해한다. 그래서 더 화가 나고 괴롭다. 종이로 만든 집에서 그녀도 살았을 거라는 생각을 하며 나도 같이 구겨졌다. 마음껏. 달아오른 얼굴을 하고. 그런 건 거울을 보지 않아도 안다.

　한 달에 걸쳐 차근하게 인수인계를 하고 대학병원을 그만뒀다. 의례적인 병원의 말림이 있었지만 결국은 받아들여졌다. 그동안 내게 진료받았던 환자들을 만나 다른 교수의 진료로 넘기고 미안한 마음으로 이해를 구했다.

　그럼 저는 어떡하죠? 이제야 겨우 선생님께 의지하고 있었는데.

　너무 섭섭해요. 이 병원에 선생님이 없다는 건 상상도 하기 싫어요.

　정말이세요? 그럼 혹시 다른 선생님을 추천해주실 수도 있나요?

　아예 일을 그만두시는 건 아니지요? 혹시라도 다른 곳이라도 개원하시면 가고 싶어요.

　선생님, 잘 지내세요. 감사했어요.

　나와 연결된 타인들의 반응은 모두 달랐지만 어떤 의미에서는 모두 같았다. 나를 필요로는 하지만 내가 없어도 그들은 또 아딘가에서 버텨낼 것이다. 내가 없어서 죽을 사람은 아무도 없다. 내가 있어도 죽을 사람은 죽는다.

　이곳에서의 마지막 진료 환자는 별다른 말 없이 약에 대한 말을 몇 마디 나누고 나갔다. 성격이 살가운 환자가 아니어서 차라리 나았다. 나는 몇 분을 가만히 앉아있다가 미리 챙겨놓은 짐을 들고 진료실을 돌아보며 속으로 영원한 인사를 했다. 그 전날 바꾼 새 휴대폰의 번호에 저장된 지인은 아무도 없다. 제로. 완전한 비움, 이다. 어쩐지 속이 시원하기도 했다. 어차피 필요로 인해 다시 저장된 번호도 몇 개 없었지만.

나는 이사를 하기로 했다. 딱히 이곳에는 문제가 없었지만 근무하던 대학병원에서 일을 관둔 참에 조금 먼 곳을 알아보기 시작했다. 당연히 어렸을 때 살았던 곳의 근방에는 여태껏 발도 디디지 않고 살아왔다. 어디가 좋을까. 되도록 사람들이 많지 않은 곳이면 좋겠지만 먹고 살기 위해서는 일을 해야 하니 도심에서 완전히 벗어날 수는 없다. 우선은 갈 지역을 검색해 봤지만 마땅한 곳은 아직 없었다. 천천히 생각하자. 가보지 않은 곳들이 너무 많았으니. 다음 날 아침이 되자 기분이 이상했다. 지금쯤이면 대학병원으로 가기 위해 면도를 하고, 옷을 챙기고, 차에 시동을 걸 시간인데. 하지만 곧 회복했다. 그만뒀잖아. 그것도 완전한 자의로. 아직 갈 곳이 정해진 것도 아닌데 나는 그나마 있던 짐들을 정리하다가 고이 가지고 있던 그녀가 내게 준 초들을 발견했다. 마음은 그저 복잡했다. 나는 아예 초를 버리려고 몇 번이나 노력을 해 봤지만 그럴 수가 없었다. 나는 서랍장에 초들을 다시 넣고 숨을 내쉬었다. 간신히 정오가 되자 가

보지 않은 도시들을 다시 탐색했다. 한참을 살펴보던 중에 한 사이트에 올려진 사진이 나를 사로잡았다. 이 층의 건물로 근처에 바다와 산이 있었고 다른 집과도 적당한 거리를 유지하고 있었다. 일 층에는 심리 상담소를 차리고 이 층에서는 생활을 하면 될 것 같았다. 나는 바로 전화를 걸었다.

여보세요.

네. 사이트에서 집을 보고 전화드렸는데요.

네.

제가 다 살피지를 못해서 그런데 전세인가요?

네. 전세로 내놓았어요.

아.

혹시 월세를 원하시는 건가요?

아니요. 월세는 아니고 혹시 매매도 하시나요?

잠시 침묵이 흘렀다.

이 집을 사신다고요?

네. 우선은 한 번 가서 집도 봐야겠지만요.

아. 그럼 언제 시간이 되세요?

저는 내일이라도 괜찮습니다.

지금은 어디이신가요?

서울이에요.

그럼 내일 오후 3시 정도는 괜찮으세요?

네. 그러죠.

그렇게 통화를 하고 나서는 다시 다른 곳을 검색하지 않았다.


다음 날, 한 시간 반 정도를 달려서 그곳에 도착했다.

내가 도착하자 부부로 보이는 두 사람이 미리 나와 인사를 건넸다.

아마도 내 말에 이 집에 대해 어떻게 할지 고심했을 것이다.

괜찮으시면 커피 한 잔 드릴까요?

그냥 물이면 돼요. 감사합니다.


일 층은 아늑한 분위기로 꾸며져 있었다. 고풍스러운 러그들이 여기저기에 가구들과 조화를 이루며 깔려있었다. 그리고 거실 한 편에 이 층으로 올라가는 계단이 보였다.

여기서 지내시는 건가요?

내가 묻자 남자가 대답했다.

종종 들리기는 해도 여기는 전세를 주고 저희는 근처에 따로 살아요. 지금은 비어 있는 상태고요.

네.

그럼 집을 우선 둘러보실까요?

일 층은 대강 눈으로 보며 그들을 따라 이 층으로 올라갔다. 이 층도 햇볕이 잘 들었고 거실엔 커다란 창이 있었다. 무엇보다 가구가 많지 않고 소박하게 정돈되어 있었다.

다시 일 층으로 내려와 나머지 이야기를 시작했다.

어떠세요? 마음에 드세요?

이번에는 여주인이 말했다.

네. 마음에 들어요.

솔직히 매매까지는 생각하지 않아서요. 혹시 직업을 여쭤봐도 될까요?

직업이 중요한 게 아니라 갑자기 남자가 집을 산다고 하니 궁금해하는 것도 같았다.

정신 의학과 의사고 오래 대학병원에서 근무했는데 얼마 전에 그만뒀어요. 조금 다른 곳에서 지내고 싶었던 참이었어요.

내 말에 그들의 눈에 있던 의구심이 사라지는 것을 느꼈다.

일 층은 심리 상담소로 운영하고 이 층은 제가 생활하려고요.

그들은 동의했고 결국 한 시간 정도를 기다린 후에 전문 대행인이 와서 일이 빠르게 처리되었다.

그럼, 언제쯤 입주하실 건가요?

지금 지내고 있는 곳만 빨리 정리하면요.

그럼, 그건 연락을 주세요. 그 사이에 저희도 물건들을 옮겨야 하니까요.

네. 고맙습니다.

나는 서울로 올라오자마자 바로 부동산으로 들러 지금 살고 있던 전셋집의 남은 기간에 대한 위약금을 미리 물고 한 달의 시간을 받았다.

운전을 오래 했는데도 어쩐지 지치지 않았다. 그래서 다시 남은 물건들을 정리하기로 했다. 실은 몇 가지 가구만 빼면 크게 정리할 것도 없다. 거의 잠만 자고 일을 하러 나가기만 반복한 공간이어서 꼭 필요한 필수품 말고는 무얼 특별히 모으거나 사지 않고 살아왔다. 그래도 우선은 주방 쪽의 수납장 문들을 다 열고 그 속에 있는 것들을 모두 바닥에 내려놓았다. 유통기한이 지난 컵라면이 몇 개 있었고 그녀에게서 받았던 초들이 있었다. 냉장고에는 물과 와인 하나와 맥주가 전부였다. 냉동실은 열어 볼 필요도 없었지만 그래도 열어보니 역시 아무것도 없다. 음식물 봉투에 딱딱한 라면들을 넣고 쓰레기봉투를 열어놓고 맥주 한 캔을 땄다. 그리고 가만히 꺼내놓은 초들을 바라봤다. 여전히 마음이 무겁다. 나는 마음을 굳게 먹고 초들을 쓰레기봉투에 넣었다. 그러다 다시 꺼냈다. 그 일은 몇 번이나 반복되었다. 그러다 다시 원래 있던 자리에 옮겨두고 꼼꼼하게 집안을 살폈다. 거의 새것이나 다름없는 가구들은 버리기 아까워 기부 단체의 번호를 우선 저장해두고 남은 맥주를 들이켰다. 진짜 집은 지상에서는 찾을 수 없겠지만 그래도 머무를 수 있는 곳으로 갈 수는 있다. 좋든 싫든 주사위는 이미 던져진 것이나 마찬가지다. 맥주 한 모금에 긴 숨을 내쉬어본다.

# 07

## 바다, 그리고 또 바다

보이는 건 그저 밀물과 썰물들이 만들어내는, 하얀색의 부서지는 거품들이 만들어내는 새로운 거품들이 전부다. 들리는 건 바위에 부딪히는 파도 소리. 나는 바닷가에 앉아 있다. 거의 하루의 대부분을. 이곳에 온 후로는 매일. 어떤 생각도 들지 않았다. 바다는 내가 기억할 수 없는 양수, 같았다. 지난날에 대한 향수와는 전혀 상관없다. 손끝으로 모래를 쥐었다 다시 놓고 파도의 소리를 듣는다. 바다를 처음 본 건 성인이 되고서였다. 가족 여행 같은 건 전혀 없었고 의사가 된 후로 세미나를 간 숙소 앞에 해변이 있어 잠시 어두운 바닷가에 가본 것이 전부였다. 아마도 호주의 브리스번, 이었을 것이다. 어둠에 가려져 바다의 색은 잘 보이지 않았지만 아주 긴 바다라는 것만은 알 수 있었다. 한참을 파도의 소리를 들으며 걷다 너무 멀리 갈 것만 같아서 다시 돌아온 기억이 전부다. 그다지 신기하지도 감격하지도 않았다. 그래도 파도 소리만은 참 좋았다. 머릿속에 있는 생각들을 없애줄 것만 같았다. 그리고는 다시 보는 바다다.

교수님.

네?

처음 보는 얼굴이었다.

실례지만 어디로 가시는 건가요?

저는 오늘부터 여기에 근무해요. 인사드리고 싶어서요.

나는 슬쩍 그녀의 옷에 달린 이름을 보았다.

네. 감사해요. 그런데 저는 오늘부터는 이 병원에서 근무하지 않아요.

처음 왔어도 모를 리가 없다.

나는 몇 가지도 되지 않지만 짐을 정리하던 중이었다.

어디로 가시는데요?

조금씩 짜증이 나기 시작했다. 인사를 하러 올 필요도 없거니와 첫 출근이면 잔뜩 긴장하기 마련일 텐데 알 수가 없다.

아직 정해지지 않았어요.

내 손은 더 빨리 움직이고 있다.

그런데도 그녀는 진료실에서 나가지를 않는다.

교수님의 도움이 필요한 사람이 있어요.

제가 아까 분명히 말씀드렸어요. 저는 이제 이 병원을 그만두기로 했다고요. 여기에도 좋은 선생님들이 많으니 다른 분에게 도움을 청하세요. 저는 해드릴 게 없어요.

나는 닫힌 진료실 문을 열고 마지막으로 분명히 의사를 밝혔다. 작은 종이박스는 다 찼고 한 번 둘러보니 남긴 건 전혀 없었다. 아직도 진료실에서 버티고 있는 그녀를 지나 나는 엘리베이터 앞으로 가서 버튼을 눌렀다. 1층, 2층, 3층, 그리고 4층. 나는 얼른 그 안으로 들어갔다. 문이 닫히려는 순간 그녀가 엘리베이터 안으로 들어왔다.

제발요. 교수님.

불행인지 엘리베이터에는 둘밖에 없었다.

그녀는 눈물을 뚝뚝 흘리기 시작했다. 훌쩍거리는 소리에 시선을 잠시 주자 얼른 휴대폰을 내밀었다. 뭐지?

교수님 연락처 좀 부탁드릴게요.

그건 부탁이 아니었다. 엘리베이터는 금세 일 층에 도착했다.

나는 내리고 또 그녀는 나를 따라왔다.

지금 근무 중이시잖아요. 이러시면 곤란한 것 아닌가요? 저는 말했듯이 이제 여기와는 상관이 없는 사람입니다.

저, 번호만 알려주시면 바로 갈게요. 제발 부탁드려요.

저는 어떤 환자의 번호도 모릅니다. 사적으로 통화를 하지도 않고요.

화가 나는 동시에 얼른 그녀에게서 벗어나고 싶어 던져버리듯이 번호를 알려주었다. 귀찮기는 하지만 번호는 또 바꾸면 될 일이다. 차에 시동을 걸고 출발하려는데 문자가 왔다.

감사해요. 교수님.


나는 매일 바닷가에 앉아 가만히 있는 직업을 새로 얻은 것 같았다. 나를 방해하는 것은 없다. 가벼워지지는 않아도 더 무거워지지는 않는 지금의 상태에 나는 더없이 만족한다. 어쩌면 생은 이렇게 단순한 게 정답일지도 모른다. 하지만 그동안의 치열함이, 엄청난 일과들이. 그리고 과거의 뻣뻣함이 있었기에 지금의 내가 여기에 있다. 여기에 왔다. 그 사이에 사업자 등록증을 발부받고 제약 회사와 연락을 하고 명함을 우선은 최소 수량으로 주문했다. 텅 빈 일 층에는 편안한 느낌을 주는 연두색의 소파를 들여놓고 이 층에는 낮은 매트리스만 새로 샀다. 현관에 간판이 걸리고 작은 풍경 하나를 걸어놓자 또 어떤 사연들을 가진 타인들이 올까 궁금했다. 그나저나 누가 와주기는 할까.


그렇게 며칠이 지났다.

물을 마시는데 한 중년의 여성이 머뭇거리며 현관 앞에서 조심히 안을 살펴보고 있다. 나는 현관문을 열었다.

안녕하세요.

아, 안녕하세요.

여기로 옮기고 나서 첫 타인이었다.

저, 진료비는 어떻게 되나요? 처음이라서요.

현관을 넘기 전에 그녀는 물었다.

비싸지 않아요. 우선 들어오세요.

내 말에 그녀는 아주 조심스럽게 신발을 벗고 다시 가지런하게 자신의 신발을 정리했다.

차 한 잔 드릴까요?

그러자 손을 저으며 마다했다. 누군가에게 신세를 지는 걸 싫어하는 성격이거나 긴장을 한 상태일 것이다.

혹시, 여기에 온 건 비밀로 해줄 수 있나요?

그럼요. 걱정하지 마세요. 이 동네에 사시나요?

그러자 그녀는 고개를 끄덕였다.

근처에요. 걸으면 20분 정도의 거리에요.

이제 본론으로 들어갈 시간이다.

어떤 문제라도 있으신가요?

내가 말해놓고도 참 우습다. 아무렇지 않은 사람이 굳이 이곳에 오지 않는다. 하지만 내가 꺼내야 할 말은 이것뿐이다.

실은 자꾸 이명이 들려요. 그래서 검사를 해봤는데 귀에는 아무런 이상이 없다고 해요.

그 이명이 문장인가요? 아니면 그저 단발적인 소음 같은 건가요?

문장이요?

네. 특정한 말이나 단어가 반복되는 것도 이명, 이거든요. 정신적으로는.

그녀는 바로 대답했다.

문장이 맞아요.

어떤 말이죠?

빨리 와, 예요.

그 말이 얼마나 자주 들리세요? 그리고 언제부터 시작된 건지 편하게 말해주세요.

그녀는 잠시 생각을 하더니 말을 이었다.

실은 오래된 것 같아요. 딱히 시작이 언제인지는 모르겠어요.

남편이나 자녀들이 계신가요?

네.

혹시 남편인 분이 자주 하시던 말인가요?

네. 맞아요. 성격이 급한 사람이었어요. 늘 입에 달고 살았어요. 빨리 와. 빨리 와. 그럴 때마다 저는 달려가고는 했죠.

과거형이다.

그럼 지금은 남편 분과는?

어렵게 헤어졌어요. 아이들은 다 자라서 같이 살지는 않고요.

자녀분들과는 자주 연락하세요?

그녀의 표정이 조금 어두워진다.

아니요.

특별한 이유가 있나요?

각자 집에서 나가고 나서는 거의 없어요. 쌍둥이 여자애들이에요. 생긴 것도 성격도 아주 다른.

그녀는 더는 자식들의 이야기는 하고 싶지 않은 듯이 말을 돌렸다.

저는 여전히 과거 속에 있는 것 같아요. 선생님, 이것도 병이겠죠?

아니요. 그건 병이 아니에요. 굳이 말하자면 과거가 남겨준 것들 중에 하나겠죠. 그 증상이 얼마나 자주 있으신가요?

어느 날은 괜찮다가도 갑자기 몰아쳐요. 그럴 때면 혼자 있으면서도 가만히 있는 게 어려워 반찬을 만들고 집 안을 청소하고 미친 듯이 움직여요. 그러면 조금 나아지는 것도 같아서요.

정신적인 이명은 과거에 자주 들었던 말의 반복에서 시작되는 거예요. 하다못해 칭찬도 진심 없이 반복되면 지겨운 것처럼요. 차근히 그 말을 지워볼 방법을 같이 생각해봐요. 과거를 완전히 지울 수는 없지만 조금씩 벗어날 수 있어요. 그리고 누구나 과거에 영향을 받고 살고 있으니 너무 심각하게 받아들이지 마세요.

정말 그럴까요?

그럼요. 오랫동안 귀에 박힌 소리들은 갑자기 사라지지 않아요. 그럴 수 있다면 좋겠지만요.

그녀는 내 말에 고개를 끄덕이며 몇 번이나 감사의 눈빛을 전했다. 그리고 인사를 하며 일어났다. 그러다 다시 돌아와 물었다.

아, 너무 죄송해요. 진료비를 내는 걸 잊었어요.

나도 잊었다.

오늘은 그냥 가세요.

네?

실은 처음으로 저를 찾아주신 분이라서요. 그냥 감사의 작은 마음이라고 생각하세요. 다음부터는 꼬박꼬박 받을게요.

그래도 보답을 해야죠.

다음에 또 오시면요.

내 말에 그녀는 꾸벅 인사를 하고 현관으로 향했다.

집으로 가실 때 되도록 평소보다 천천히 걸어가세요. 그냥 한 번 해보세요.

그녀는 고개를 끄덕였지만 금세 눈앞에서 사라졌다.

길지 않은 대화였지만 그녀의 남편은 그녀를 늘 재촉하고 바로 욕구가 충족되지 못하면 견디지 못하는 조급하고 난폭한 성격이었을 것이다. 자신의 성급함을 아내에게 전가하고 전이시킨 것이다. 그가 어떤 과거를 가졌는지는 모르겠지만 어쩌면 그녀의 남편 역시 누군가에게 그런 대우를 받았을지도 모른다. 하지만 그건 내가 정확하게 알 수 없다. 이미 헤어진 남편을 호출할 수도 없으니. 그녀가 가고 나자 나는 일말의 거짓말을 한 것 같아 마음이 좋지만은 않았다. 과거에 대한 감정에 대한 조언이었지만 정작 나 자신도 여전히 명예롭지 않은 소리를 가지고 있으니.


좋은 것보다 나쁜 것들이 더 오래 살아남는다. 차라리 좋았던 기억들은 휘발되어도 또 불러내면 다정한 얼굴로 다가오지만 나빴던 기억들은 그것보다 더 힘이 강하다. 더 깊숙한 강도와 깊이를 가지고 있다. 따로 불러내지 않아도 늘 내 어딘가에서 상주하고 있다. 그것은 겉으로는 과거, 라는 평범하고 통속적인 이름을 가지고 있지만 인간의 언어로 다 표현할 수 없는 것들이 갖은 증세로 단단히 존재하고 있음을 잊지 않게 해준다. 나는 그나마 희미한 것들은 넘겼지만 독립이 아닌 고립, 그리고 얼마 전에 꾼 악몽을 새로 얻었다. 무엇에 더 더해지지만 않았으면 좋겠다는 초라한 마음도 나름 비장하기는 하다. 뻐근한 눈으로 세상을 보는 것 따위 크게 중요하지 않다. 가장 막강한 방부제를 넣어 만든 그 문장이 썩기를 기다리는 것도 생각하지 않으려 한다. 유서 한 장도 남기지 않았다고 들었다. 그러면서 초들은 내게 잔뜩 준 그녀 생각을 잠시 하다 보니 마음이 답답해져 바다로 가기로 했다.

들고 온 와인을 조금씩 마시며 파도 소리를 가만히 듣는다. 주황색으로 가득한 석양이 불에 타듯이 물들어가고 있다. 아름다운 풍경이다. 그런데 나는 무엇도 분명하게 느끼고 있지 않은 것 같기만 하다. 마음을 흐리게 하는 것들의 부작용일 것이다. 아름다운 것들을 믿어본 적이 없는 건지도 모른다. 혹은 그 비슷한 것을 느낀다고 해도 아름답다, 라는 식의 감정을 갖지 않는 내 태도 때문일 것이다. 두려운 건지도 모른다. 좋은 것을 좋다고 말하면 사라질 것 같은, 나를 이해한다고 누군가 말하면 그 말을 마지막으로 누군가는 사라질 것 같은, 내가 마음을 주면 결국에는 또 상처를 입을 것만 같은. 나는 자발적 실어증에 걸린 그녀를 종종 떠올렸다. 그럴 때마다 그저 안으로 다시 집어넣거나 한숨으로 내뱉곤 했다. 그녀는 잘 지낼까. 그래. Z. 그녀에게 약은 충분할까. 어딘가에서 약을 구하기는 하겠지만 여전히 그 상태일까. 하지만 이제 그녀를 만날 일은 없을 것이다. 그녀를 만난 횟수는 세 번이 전부였다. 나와 너무나 닮은 우연한 교집합에 내가 과잉으로 반응을 한 것이다. 세상에 교집합은 널리고 널렸다. 하지만 교집합 이외의 일들도 마찬가지다.

# 08

## 4월의 폭풍

지난번 진료를 받았던 그녀가 문을 기웃거리며 창의 안쪽을 살피다가 현관문을 열자 풍경소리가 들렸다.

나는 이 층 계단에서 내려왔다.

저, 죄송해요. 늦은 시간인데.

죄를 지은 사람처럼 조심스러워하는 표정이 안쓰럽다.

괜찮아요. 들어오세요. 아직 8시인데요.

내 말에 그녀는 고개를 저으며 묵직한 봉투를 바닥에 내려놨다.

저번에 진료비도 안 받으시고 마음에 걸려서요. 별거 아니니 드세요. 뭘 좋아하시는 줄 몰라 그냥 이것저것 만들었어요.

아.

하지만 감사의 말을 하기도 전에 그녀는 얼른 떠났다.

봉투 안에는 온갖 김치들과 밑반찬들이 들어있었다. 그녀에게 받은 마음을 냉장고에 우선 넣었다. 익숙하지 않은 일이었다. 혼자 먹기에는 음식이 너무 과하게 많았다. 내게 음식이라는 건 잃어버린 욕망이나 마찬가지다. 아니, 식욕을 잃어버렸다기보다는 식욕을 잠재웠다고 하는 편이 더 맞을 것이다. 한참 먹고 자랄 나이에 늘 배가 고팠고 부엌에는 늘 상주하고 있는 그들 때문에 가지도 못했다. 하루는 너무 배가 고파 잠에서 깨어났다. 소리를 내지 않으려 조심하며 냉장고를 열었지만 먹을 건 유통기한이 한참 지나버린 햄 하나밖에는 없었다. 나는 방으로 그 햄을 가지고 들어와 조금씩 먹다가 결국 뱉고 말았다. 곰팡이가 피기 시작한 햄에서는 악취가 났다. 아무리 배가 고파도 삼킬 수가 없었다. 나는 비닐봉지에 햄을 넣고 단단히 묶어 숨겨 두었다 다음 날 학교 가는 길에 쓰레기통에 버렸다. 그 일이 있고 나서는 신기할 만큼 식욕, 이라는 것 자체가 사라졌다. 물론 육체는 여전히 음식을 원했어도 정신은 거부했다. 음식에 대한 기본적인 욕구가 있다는 것이 싫었다. 다시는 굶더라도 상한 음식 따위는 먹고 싶지 않았다. 욕망이 없으면 자존심이 상하는 일도 없을 테니까. 그렇게 나는 점점 비쩍 마른 사람이 되어갔다. 정신이 몸을 구속하고 몸은 석연치 않아 하면서도 그 지시에 따랐다. 확고한 내 의지에 비틀거리고 어지러워도 견뎌내기로 한 것이다. 그런 시절은 지났지만 나는 여전히 식욕이 없다. 음식을 혐오하는 것이 아니라 무언가를 집중해서 먹고 즐기는 자신을 이미 버린 것의 결과다. 신선한 햄도 먹지 못하고 커피도 캔 커피만 가끔 마신다. 한 방울씩 떨어지는 맛이 깊은 커피는 맛이 아니라 거부감 때문에 마시지 못한다.

다음 날 아침부터 시작된 4월의 폭풍과 폭우는 대단했다. 마치 성이 잔뜩 오른 신이 소리를 지르듯이 몰아쳤다. 임시방편으로 이사를 할 때 남은 신문지들을 모아 급하게 흔들리는 창문에 단단히 붙여놓았다. 지금 바다에는 높은 해일이 일고 있을 것이다. 바다에 두고 온 건 없지만 어쩐지 마음에 걸린다.

원래 집주인이 전화를 걸어왔다.

폭풍이 심한데 괜찮으세요?

우선은 신문지를 붙여놓았는데 이걸로 괜찮을지는 모르겠어요.

네. 이 층으로 올라가시면 욕실 옆에 작은 창고가 있어요. 열어보셨죠?

아니요.

나는 아직도 집을 다 살피지도 않았다.

그럼 올라가셔서 화장실 옆의 작은 창고로 가세요. 그 안에 비상용 랜턴과 두꺼운 마분지들과 박스테이프가 있어요. 마분지들을 창에 대고 고정하시면 좀 덜하실 거예요.

그럴게요. 정말 고맙습니다.


폭풍과 폭우는 사흘 동안 기승을 부리다가 지나갔다. 다행히 창문하나 깨지지 않고 잘 버텨주었다. 상태를 봐서 오후에 바다로 나가야지, 하고 생각하는데 갑자기 문을 두드리는 소리가 들렸다.

그녀였다.

문을 열자 그녀는 갑자기 온 것에 대해 또 사과부터 했다. 무조건 사과를 하는 것이 마치 몸에 스민 것처럼. 그녀가 소파 모서리에 앉자 나는 이번에는 권하지도 않고 허브티를 만들어 그녀 앞에

놓았다.

뜨거우니 천천히 드세요.

고맙습니다.

집은 괜찮으세요?

네.

다행이네요. 며칠이지만 험했죠.

네.

무슨 일이라도 있는 걸까.

유리잔을 쥐고 있는 손이 벌벌 떨리기 시작했다. 그리고는 머리를 숙이고 가만히 있다가 소리 없이 울기 시작했다.

나는 그저 가만히 기다렸다. 5분 정도가 흐르자 그녀는 고개를 들고 숨을 크게 몇 번이나 내쉬었다.

오늘 새벽에 딸아이 하나가 자해를 한 사진을 보내왔어요.

네?

그럼, 여기에 있으면 안 되는 것 아닌가.

아. 그런 일이 있으셨군요.

이상하시죠. 하지만 그 애는 저를 거부해요. 그래서 갈 수가 없어요.

쌍둥이 중에 어떤?

첫 아이요.

그런 증상이 언제부터 시작되었는지 혹시 기억나세요?

실은 그런 사진을 보내기 시작한 건 따로 살기 시작하고 조금 지나고부터였어요.

혹시 그런 사진을 보내기 전에도 비슷한 일이 있었나요?

아. 한 번 그런 일이 있었어요.

괜찮으시면 말씀해주세요.

깊은 한숨이 소리처럼 들려왔다.

중학생 때였나, 고등학생 때였나. 기억이 잘 안 나요.

괜찮아요.

아이들이 방에서 무슨 싸움이 났는지 갑자기 첫째 아이가 거실로 나오더니 피가 흐르는 손등을 보여주며 동생이 자신에게 그랬다고 하는 거예요. 그때 첫째는 거의 발작 상태였어요.

그래서 어떻게 하셨나요?

아이들 아빠는 소리를 지르고 저는 그저 수건을 가져와 그 상처를 눌렀어요.

피가 많이 흘렀나요?

네?

정말 둘째 아이가 언니에게 상처를 입혔는지 확인해 보셨어요?

잠시 그녀는 그때의 상황으로 돌아가더니 간신히 대답했다.

상처가 깊지 않아 피는 바로 멈췄어요. 그리고 둘째 아이가 그러지 않았다면 누가 그랬겠어요?

다행이네요. 그럼 그때 둘째 따님의 상태는 어땠나요?

잘 기억이 안 나요. 워낙 정신이 없던 상황이라서요.

통화는 안 하시고요?

네. 첫째 아이가 유독 아버지를 따르기는 했어요. 첫째 아이를 유난히 예뻐하기도 해서 그런지. 제가 그 사람과 헤어지고 나서 나를 원망했던 것 같아요. 저는 아이들에게 의사를 물어봤어요. 지금 생각하면 어쩔 수 없었지만 물어봤어요. 그럼 아버지와 살래?

둘째는 대답할 가치도 없다는 듯 고개를 저었고 첫째는 소리를 질러댔어요.

다 싫어. 이건 가족이 아니야. 다 더러워!

아이들이 받아들이기 쉬운 상태는 아니었겠죠. 둘째 따님은요?

그냥 아무 반응도 없었어요.

네. 그럼 자녀들이 따로 사신다고 했는데 독립 자금은 어떻게?

저는 위자료 한 푼도 받지 못했고 겨우 지금 집에서 살고 있는 처지예요. 이 집도 제 친정집에서 간신히 마련해 주신 거라서요. 그나마 다행이었죠. 첫째는 얼마 정도는 아버지에게 협박 비슷한 말로 얻어낸 것 같고 둘째는 잘 모르겠어요.

그럼 둘째 따님이 떠났을 때 더 불안하셨겠네요.

솔직히 말씀드리자면 둘째에 대한 걱정은 크게 없었어요. 워낙 말

수가 적어 속내도 잘은 모르기도 하고요. 그저 나쁜 짓은 안 하고 살 거라는 믿음 같은 건 있었어요. 그리고 실은 둘째에게는 너무 무심했던 죄책감도 들어서 잡을 수도 없었어요.

어떤 죄책감을 느끼시는데요?

아이들 아버지는 그렇다고 쳐도 첫째 아이가 워낙 유난한 부분이 있어서 둘째 아이는 차별당했다고 오해할 수도 있었을 것 같아요.

그런 대화를 나눠 보신 적은 없어요?

네. 죄송해요. 선생님.

그런 말씀 하지 마세요. 그건 제게 죄송할 일이 아니에요.

쉬운 일은 아니겠지만 꼭 따님들과 이야기를 한 번 해보세요.

네.

그녀가 고개를 끄덕였지만 어쩐지 가망 없는 동작으로 보였다.


그녀가 돌아가고 나는 마음이 편하지 않았다. 물론 보통의 부모 자식 사이라도 서로를 모르기는 매한가지다. 그녀에게 들은 이야기를 바탕으로 한다 해도 화목한 집안은 아니었고 쌍둥이라서 더욱 그렇다. 오해할 수도 있었을 것 같다, 는 그 말이 그녀가 둘째에 대해서는 거의 모르고 있다는 것으로 느껴졌다. 하지만 무작정 그녀를 탓할 수도 없다. 이제 이야기가 시작되었으니. 더 이야기가 진전되고 더 깊어지길 기다리는 일만 남았다. 더 깊은 것 속에 들어있는 폭풍을 맞이할 준비를 한다.

# 09

## 우연의 파장

간만에 날이 맑아서 바다에 가보기로 했다. 바다에는 며칠 동안의 흔적이 고스란히 남아있었다. 거친 물살에 올라온 플라스틱들이 즐비하고 물가로 흘러온 작은 물고기들의 몇 사체도 있었다. 나는 플라스틱은 우선 내 등위로 던져버리고 죽은 물고기들은 다시 바다 안으로 넣었다. 그리고 멍한 채로 한참 시간을 보내다 조금 어스름한 저녁이 되어서야 일어났다. 던져버렸던 플라스틱을 두 팔에 가득 안고 집으로 가다 재활용 공간에 넣고 집에 도착했다. 싸늘한 집 안의 온도를 좀 높이고 잠시 소파에 앉았는데 바다로 가져가지 않았던 휴대폰에 불빛이 계속 깜박거렸다. 부재중 통화가 6건, 그리고 문자도 있었다. 나는 문자부터 봤다.

교수님, 저를 기억하실지 모르겠지만 대학병원을 떠나시던 날, 인사를 드렸던 b, 예요.

기억이 났다. 그런데 무슨 일로 연락을 했을까. 무슨 급한 환자가 있었다고 했던 것 같은데 그때는 나도 정신이 없었던 상황이었지만 그 애절한 눈동자만은 생생하게 떠올랐다. 그냥 무시하거나 전원을 꺼버리면 그만인데 나는 문자를 보냈다.

네. 무슨 일이신가요?

그러자 기다렸다는 듯이 바로 문자가 왔다.

혹시 통화가 가능하실까요?

지금은 어려워요. 조금 바빠서요.

매몰차지만 더는 그곳의 무엇과도 연관되고 싶지 않은 마음이 컸다. 그리고 정신 의학과에서 아주 급한 환자라면 이미 조치가 들어갔을 것이다. 도대체 무슨 일이 있는 걸까. 그러자 또다시 문자가 왔다. 그럼 언제쯤 가능하실까요? 죄송합니다. 꼭 연락 주세요.

가장 먼저 짜증스러운 감정이 들었지만 약간의 걱정도 되어 이 상태로는 잠도 안 올 것 같았다. 내가 통화 버튼을 누르자마자 그녀는 바로 전화를 받았다.

아, 교수님. 감사합니다. 바쁘신데 죄송해요.

아닙니다. 길게 통화는 어려워요. 무슨 일이신가요? 말씀하세요.

내 말에 잠시 정적이 흘렀다.

저기, 저번에 말씀드렸듯이 교수님의 상담이 필요한.

나는 바로 말을 잘랐다.

네. 그런데 말씀하시는 분이 누구신지는 모르겠지만 저는 제 환자들은 다 인수인계를 했는데요. 저는 그 병원을 떠난 사람이에요.

네. 알아요. 그래서 너무 죄송해요.

사과도 거슬렸다.

솔직히 말씀드리자면 왜 저에게 이러시는지 이해가 안 되어서요. 의사가 필요하신 거라면 알고 계시듯 다른 의사를 찾아보시는 게 낫지 않을까요. 그리고 환자가 직접 내원하시지 않으면 약 처방이나 상담도 어려워요.

네. 알고 있어요.

그런데 왜 제게?

잠시 머뭇거리다 답을 했다.

제가 처음에 이 병원에 왔을 때 교수님에 대한 말을 들었어요, 죄송해요.

저에 대한 무슨 말을요?

그녀는 잠시 멈칫거리다 빠른 속도로 말을 했다.

병원의 다른 분들과는 거리를 두기는 해도 환자분들에게는 아주 따뜻하시다고요.

아.

다른 분야의 의사들도 그렇겠지만 정신 의학과 의사는 더 그렇겠죠. 마음을 보살펴야 하니까요.

저의 언니 이야기예요.

네?

친언니 이야기예요.

언니분의 상태가 어떠신데요?

방 안에서 밖으로 나오지를 않아요. 거의 일 년이 되어가요.

무슨 특별한 계기라도 있었나요?

갑자기 그녀는 흐느끼며 더듬거리며 말을 했다.

그 이유는 잘 모르겠어요.

곰곰이 생각을 해보세요, 분명 무슨 이유가 있을 거예요. 의외로 가족들이 모르고 지나치는 것들이 많아요. 솔직히 가족이라 더 모르는 것이 많을지도 몰라요. 그럼 기본적인 식사나 다른 상황은 어떻게 해결하고 있나요?

엄마가 방문 앞에 놓고 가면 잠시 문이 열려요. 얼마 후에 반도 못 먹은 채 음식들을 밖에 내놓고 화장실은 아마 가족들이 잠든 시간에 사용하는 것 같아요.

언니분이 가족들과의 사이는 어땠나요?

저의 집은 화목한 편이에요. 아마 가족 때문에 그러진 않을 것 같아요.

아까도 말했듯이 방에서 나오지 않게 된 시점부터 거슬러 올라가서 생각해 보세요. 드릴 말은 지금으로서는 그것밖에 없어요.

그녀는 잠시 침묵하다가 말했다.

이야기를 들어주셔서 고맙습니다.

그렇게 통화는 끝났다.

어떤 실마리라도 잡고 싶은 마음은 절절하게 느껴졌지만 내가 할 수 있는 건 없었다.


누구도 그냥 갑자기 스스로를 방에 고립시키는 것을 자초하지는 않는다. 사소하든, 거대하든 무언가에 대한 공포나 긴장감이 닥쳤을 것이다. 그래서 자신 속에 매몰되어 버리는 것이다. 처음부터 방에서 절대 나가지 않겠다는 결의 같은 건 없었을 것이다. 며칠 정도는 누구나 방에서 갖가지 이유로 머물기도 하니까. 하지만 그 시간이 길어지고 그것이 일종의 보호막이나 간신히 잡은 평온이 되는 과정을 거치면 결국 들키기 싫은 것들과 시간을 보내는 것이 좋아진다. 방 안에서 즐겁고 소소한 일을 하며 즐기는 것과는 기초가 전혀 다른 것이다. 가족들도 점점 지쳐간다. 마냥 방치를 할 수도, 깊은 개입을 하기에도 난감해져 버린다. 아마 b의 언니와 그 가족은 그런 상황일 것이다. 또 속이 답답해진다. 그러면서도 미안하지만 b가 다시는 내게 연락하지 않기를 바란다. 병원을 관두던 날 만나게 된 것도 나름의 우연일지는 몰라도 어쩐지 그녀가 부담스럽다. 마치 헌 옷을 버리는데 자꾸 손 어딘가에 감기는 실밥처럼.

# 10

## 영원한 아이

영원한 아이는 현재에는 쓸모없다. 하지만 버릴 수도 없다. 잘 달래서 같이 살아가야 한다. 많은 인간들이 말한다. 과거를 돌아보지 말고 현재에 집중하라고 한다. 어느 정도는 맞는 이야기다. 하지만 과거가 없이 현재에 도달한 인간은 아무도 없다. 그저 잊고 싶은 기억이 많을 뿐이지. 오늘도 내일이면 과거다. 방금 흘러간 일초도 과거다. 그래도 과거를 부정하겠나. 어떤 식으로, 무슨 방식으로, 무슨 마법으로. 물론 망각이라는 위대한 도움도 있지만 완벽하지는 않다. 여전히 펄떡거리는 심장은 그 방에 머물러 있고 그 아이는 여전히 열세 살이다. 상흔을 입은 채로. 자신이면서도 그 아이에게 선뜻 다가갈 수 없다. 벌건 얼굴 근처에만 가도 화상을 입을 것 같고 차가운 심정에는 손이 얼어붙을 것만 같다. 영원할 것 같게만 느껴지던 날들에 지친 숨소리도 숨죽이고, 그럴수록 크게만 들렸던 심장 소리를 어떻게 잊을까. 겉멋이 든 아웃사이더도 아니고 이미 반쪽은 버려진 태생에 더해진 더부룩한 덧셈과 하나씩 빼내던 뺄셈들을 어떻게 잊을까. 다른 유년을 가끔은 상상도 해보지만 무언가 막고 있어 상상도 불가능하다. 하긴 상상을 한다고 해도 달라질 건 아무것도 없다. 그저 영원한 아이를 슬쩍 들여다보고 나오는 게 전부다.


그렇게 며칠이 흐르고 그녀가 다시 왔다. 안색은 그리 나빠 보이지는 않아 다행이었다.

잘 지내셨어요?

네. 저번에는 너무 경황이 없어서 죄송해요.

아니요. 전혀요.

나는 얼른 고마운 마음부터 전했다.

김치와 반찬들 잘 먹고 있어요. 진심으로 감사해요. 정말 맛있어요.

그녀가 소파에 앉자 나는 그녀가 잠시 숨을 고를 틈을 주기 위해 따뜻한 보이차를 끓였다.

첫째 따님분은 괜찮으신 거죠?

그런 것 같아요. 그 애의 버릇 같은 것이라는 건 알지만 문자를 보면 매번 심장이 내려앉아요.

당연하죠. 혹시 첫째 따님은 아직 아버지와 연락하며 지내나요?

네. 아주 가끔 전화가 걸려 와요. 그 인간에게.

뭐라고 하시나요?

첫째 아이가 그렇게 된 것도 다 제 탓이라고요. 늘 그 말뿐이에요.

그녀의 얼굴에는 분노도 억울함도 아닌 그저 자포자기한 듯한 표정이 스쳤다.

첫째가 관심을 많이 받고 자랐다고 하셨죠?

네. 말씀드렸듯이 특히 제 아버지에게는요.

어쨌든 지금 상황은 그래도 어렸을 때는 사랑을 많이 받았는데 왜 그런 자해를 할까요?

그 질문은 궁금증만은 아니었다.

전혀 모르겠어요.

그녀는 또 자신이 죄를 지은 듯이 고개를 아래로 행했다.

나는 조심스럽게 말을 꺼냈다.

혹시 관심을 받으려고 그런 건 아닐까요? 지금은 아버지와 같이 살지 않으니까요. 그런 경우도 실은 꽤 많거든요.

그녀는 내 말에 고개를 세게 저었다. 그리고 고개를 들고 멍한 눈으로 말했다.

선생님. 세상에 누가 관심을 받으려고 자신에게 상처를 내겠어요?


그녀는 모른다. 그런 일이 세상에 얼마나 많은지. 관심을 주던 대상이 사라지면 자신의 존재를 증명해주는 대상에 대해 어떤 기분을 느낄까. 그건 단순한 박탈감과는 다르다. 무대 위에서 환호를 받던 배우가 늘 자신만을 바라보던 고정적인 관객들이 갑자기 사라지는 것과 같은 것이다. 그 부재를 어머니는 아마 채울 수 없었을 것이다. 실은 아버지도 그 대상이었을 뿐 애정과는 좀 거리가 있다.


죄송하지만 사진을 볼 수 있을까요?

그녀는 잠시 멈칫하더니 사진을 보여주었다. 얕은 자해였다. 그리고 팔등이었다. 손목이 아니다.

끔찍하죠? 왜 이러는지 정확히 알 수가 없어요.

우선은 정말 죽고 싶은 사람은 팔등을 긋지 않아요. 그게 안심이 되실 수 없다는 건 알지만 말씀드리는 거예요. 그리고 왜 그런 사진을 보낸다고 생각하세요?

네?

그게 중요해요.

그게 자해를 하는 것보다 더 중요하다고요?

네.

그녀의 침묵이 잠시 이어졌다.

제 말이 다 맞는 건 아니겠지만 아마 관심을 받고 싶어서 그런 것 같아요. 아까도 말씀드렸듯이.

저는 모르겠어요.

내 말은 받아들여 바로 이해할 수 있는 것은 아니다. 첫째에게 완전히 새로운 시선을 가져야 하는 것은 쉽지 않은 일일 것이다. 하지만 그래야 한다. 그녀를 본 바로는 자신의 잘못이 아니라도 남편과 헤어지고 나서 자식들에게 심한 자책감을 가지고 있을 텐데. 하지만 동시에 화가 나기도 했다. 그저 모르겠다는 말로 일관하는 태도는 아마 오래되었을 것이다. 나도 안다. 할 말이 많아도 누군가에게 공격당하는 느낌을 받으면 방어 태세를 갖추게 되고 정말 모르고 있었다면 수치감 비슷한 감정을 느낄 것이다. 그저 속으로 꾸겨 넣는 편이 더 익숙해진 생에 갑자기 분기점을 잡아 완전히 다른 이로 살아가고 반응하고 행동할 수는 없다. 하지만 그녀가 계속 이대로라면 나의 의견이나 조언도 소용없을 것이다.

첫째 딸에게서는 짙은 나르시시스트의 느낌이 든다. 보통은 나르시시스트들은 스스로를 자긍심이 넘치고 자존감이 높다고 오해를 하는데 실은 그 정반대이다. 자신의 존재를 증명해줄 누군가가 늘 필요하고 자기애가 유독 발달되어 있다. 자신을 향한 비판은 무조건 허용하지 않으며 공감 능력이나 양심은 심하게 결핍되어 있다. 타인의 심리 조종에는 능하면서도 자신에 대한 성찰은 없다. 뇌는 가스라이팅을 위해 사용되고 그 상대가 떠나가면 다른 타인을 찾아내 똑같은 짓을 한다. 빈 공간을 채울 수 있는 능력도 없지만 시도조차도 하지를 않는다. 왜? 진짜 자신과는 연결 고리가 없기 때문이다. 그리고 대부분의 나르시시스트들은 환경적인 요인도 있지만 타고 나는 경우가 더 많다. 자신의 아름다움에 넋을 잃고 호수에 빠지는 자기애가 때로는 부러울 정도다. 나는.

선생님?

아. 네.

잠시 생각을 하느라 정신이 나갔다.

저는 나쁜 엄마일까요?

왜 그런 말을 하는지도 충분히 이해가 간다.

왜 그렇게 생각하세요?

아이들이 그러니까요.

그래도 둘째 따님은 괜찮은 거 아닌가요?

그것도 잘 모르겠어요.

왜요?

그 아이의 속내도 사실은 잘 모르겠어요. 딱히 걱정을 끼치지는 않지만요. 신경을 거의 써주지 못해서 더 알 수가 없는 건지도 모르겠어요.

지금 그녀가 처한 현실에서는 자해를 해대는 첫째 딸이 늘 불안하고 두려운 것이 당연하다. 많은 이야기를 아직 해보지는 않았지만 어쨌든 이야기에는 첫째 딸의 비중이 컸다.

오늘도 감사했어요.

네. 언제든지 편히 오세요. 돌아서는 그녀의 등 뒤에 짙은 그림자가 드리워져 있다. 그리고 탁자 위에는 구겨진 흔적이 남아있는 만원짜리 세 장이 나도 모르는 사이에 놓여 있었다. 절반도 마시지 못한 찻잔 곁에.

가족이란 애, 와 증, 으로 설켜 있는 복잡한 관계다. 하나의 색으로 잠시 합쳐졌다가 때로는 물과 기름처럼 따로 존재하기도 한다. 예전에는 한 가족 구성원 모두를 상담한 적이 있었다. 굳은 얼굴로 진료실에 온 가족들은 결국 각자의 입장을 이야기하다 금세 그들만의 싸움으로 번졌다. 오래된 원망과 질긴 서운한 마음들이 서로를 향한 힐난으로 번졌고 결국 상담은 중단되었다. 그들은 집으로 돌아가서도 그 싸움은 계속할 것이다. 각자의 갈망과 외면 사이의 오해, 라는 감정은 쉽게 해결되지 않는다. 그 자리에 나는 존재하지도 않은 인간처럼, 그들의 다툼의 장소만이 집안에서 상담실로 잠시 옮겨왔을 뿐이었다. 귀는 이미 닫혀 있었고 사나운 말들은 난무하고 불쑥대며 과거들이 등장했다. 모두 자신의 상처에는 당당하고 다른 이의 상처는 외면했다. 나는 어떤 도움도 줄 수조차 없었다. 실은 오가는 시끄러운 고성에 귀를 막고 싶은 정도였다. 그들이 나가자 겨우 한숨을 길게 내쉬었다. 모든 가족이 그런 건 아니겠지만 모든 불행은 가정에서 시작된다, 라는 누군가의 말은 거의 맞다.

그녀가 가고 여기로 가져온 의학 서적을 정리하고 있는데 휴대폰 진동이 울렸다. 시계를 보자 막 밤 10시다. 이 시간에 내게 전화할 사람은 아무도 없을 텐데, 하며 다시 책들을 꺼내는데 진동 소리가 다시 시작되었다. 나는 결국 휴대폰에서 나오는 발광을 견디지 못하고 무작정 통화 버튼을 누르며 속으로 욕지거리를 했다.

네.

교수님, 전화를 받아주셔서 감사해요.

미세하게 떨리는 목소리가 전화기로도 전해졌다.

또 b, 다.

무슨 일이신가요?

언니가.

네.

기억한다. 방에서만 사는 그녀의 언니.

언니의 방에서 밤새 이상한 소리가 들렸어요.

네? 무슨 소리요?

잘은 모르겠지만 무언가를 부수는 것 같았어요.

그럼 부모님과 동생분은 어떻게 하셨나요?

부모님은 언니를 포기한 것 같아요. 그저 고개를 저으며 방으로 들어가시고. 이제 저밖에 없어요.

보통의 부모라면 내가 이런 말을 하는 것도 이상하지만- 자식을 그렇게 쉽게 포기 안 해요. 그저 그런 상황을 아직도 받아들이시지 못한 것 같은데요.

저번에 교수님이 말씀하신 이유, 에 대해 생각을 해봤어요. 그즈음에 오래 사귀었던 연인과 헤어지기는 했어요.

그리고요?

그럼 그때부터 방에서 나오지를 않은 건가요?

아니. 아니요. 좀 우울해하기는 했어도 처음부터 그러지는 않았어요.

혹시 언니가 헤어진 이유는 알고 계시나요?

아뇨. 한 번 조심스레 물어봤지만 별로 말을 하고 싶지 않다고 해서 더는 물어보지 않았어요.

그럼 그 이후의 일들 중 생각이 떠오르는 것이 있으면 말해주세요.

잠시 침묵이 흘렀다.

그리고 보름 정도가 흘렀을 시간에 온 가족이 같이 외출을 했어요. 부모님도 언니의 일을 대강은 알고 계셔서 기분도 전환 시켜줄 생각에 동네 근처에 새로 생겼다는 가게에 갔어요. 언니도 선뜻 따라나섰고요. 그런데 문을 열자마자 마치 기찻길처럼 늘어선 공간에는 사람들이 가득했어요. 우리는 안내해준 자리로 가서 앉기는 했는데 사람들이 너무 많아서 제대로 이야기도 하지 못하고 오래 머물지 않고 나왔어요. 그렇게 집에 돌아온 후로 언니는 방으로 들어가 버렸어요.

그 가게에서 언니의 안색은 어땠나요? 혹시 기억나세요?

아니요. 저도 그렇고 모두 정신이 없어서 특별히 기억나는 건 없어요. 결국은 언니가 일어나자고 해서 그저 다시 집으로 돌아온 게 전부예요. 그리고 그날부터 언니는 방에서 나오지를 않았어요.

그 이유를 정확히는 모르겠지만 그렇게 혼잡한 가게에 간 것도 영향이 있을 것 같은데요.

네? 그럼 그 가게에 갔던 게 원인이라는 건가요?

직접적인 원인은 아니라도 억눌러왔던 것이 터지는 계기가 되었을 수도 있어요.

무슨 말씀인지 잘 모르겠어요.

쉽게 설명하자면 소음과 혼잡에 노출되어 버린 거죠.

그게 연인과 헤어진 것과 무슨 상관인지.

언니분의 속은 다 알 수 없지만 가족들에게 크게 드러내지 않았지만 괴로운 상태였을 거고, 아무렇지 않게 마시고 이야기하는 사람들 속에서 패닉상태가 더 강해졌을 가능성도 있어요.

아. 네. 그런데 왜 갑자기 방안에서 시끄러운 소리를 낸 건지 걱정이 돼서요.

나도 모르게 한숨이 나왔다. 내가 전혀 알 리가 없다.

사람이 궁지에 몰리면 결국 행동을 하기도 해요. 그게 차라리 좋은 신호일 수도 있어요. 말하자면 분노든 다른 감정이든 무언가 표출한 것일 수도 있어요.

저는 어떻게 해야 할까요?

나도 모른다. 그녀의 언니가 염려되는 마음은 있었지만 내가 할 말은 결국은 같았다.

어렵겠지만 언니와 어떻게든 대화를 시도해 보세요. 처음에는 당연히 거부하겠지만 이토록 언니를 생각하는 동생이 있다는 것이 닫힌 마음을 조금이라도 여는 열쇠가 되길 바라요. 그리고 언니 분과 같이 병원에 가보세요.

네. 고맙습니다.

그리고.

네?

나는 단호한 말투로 또박또박 말했다.

죄송하지만 저에게 더는 연락을 안 하셨으면 해요. 직접 도와드릴 것도 없고 저는 아시다시피 그 병원에 근무하지도 않으니까요.

생각보다 냉정하시네요.

할 말이 없었다.

잘 지내세요.

내 말이 끝나기도 전에 그녀는 먼저 전화를 끊어버렸다.

굳이 의사가 아니라도 정신 의학과에서 근무하는 간호사들도 의사 못지않게 기본적인 의학상식이 있지만, 그녀는 자신의 가족 일이라 객관적이기는 어려울 수밖에 없었을 것이다. 하지만 그 병원에서 이미 떠난 내게 굳이 왜 연락을 하는 것일까. 어쨌든 내 의사는 분명히 밝혔으니 다시 연락은 안 하겠지.

광장 공포증이 생기는 요인은 여러 가지이다. 사람 많은 곳을 싫어하는 것을 이미 스스로 알고 있는 사람들은 아예 그런 장소에는 거의 가지 않는다. 하지만 특별한 증상이 없었어도 마음이 무너진 상태나 심적으로 위축되어있을 때는 없던 공포도 생기기 마련이다. 그전에는 멀쩡하던 공간이 자신도 모르게 위협적이고 감당할 수 없는 것으로 변해버리는 것을 느끼게 되는 것이다. 그건 당황하는 자아가 온 정신을 뒤덮는 것처럼 이질적이지만 감내해야 할 문제로 인식되는 첫 관문이다. 신경은 거슬려도 그런대로 넘기던 것들이 점차 비중을 늘어가면 고통이 된다. 외부에서는 예상을 전혀 할 수 없는 온갖 소리들이 떠돈다. 그 소리들이 소음으로 바뀌고 자신의 신경이 그것을 이겨낼 수 없다는 것을 절절하게 깨달으면 동굴을 찾을 수밖에 없다. 인간들이 내뱉는 말들이 나를 위협하고 다리를 수시로 떠는 사람들에게 어지러워 과한 원한을 갖게 되고 오해를 사고 그러면서 더 날카로워지는 신경을 다스릴 방도가 없다는 것에 또 고통스러워진다. 세상에 갈만한 공간이 줄고 줄어든다. 누군가는 상대방의 말에 귀를 기울이고 웃고 떠드는데 자신은 낙오가 되어 모든 것이 칼날 같이 느껴진다. 자신이 예민하다는 걸 알고 있지만 그걸 마냥 이해해줄 사람도 없을 것이다. 혼자 있을 공간을 찾을 수밖에 없다. 아무리 방이 답답해도 시끄러운 세상보다는 낫다. TV도 보지 않는다. 그 안에서도 사람들은 쉬지 않고 무언가를 말하거나 행동하니까. 그렇게 세상은 좁아지기만 한다. 할 수 있는 일이 하나씩 사라지고 할 수 없는 것들은 빨리 늘어간다. 멈춤과 급속이 부딪혀도 그것은 수평선처럼 맞닿을 수 없는 각자의 선이 되고 만다. 거기에서 빠져나오지 못하면 그사이에 폐소공포증이 몰래 자라난다. 그건 반대편에 있는 전혀 다른 성질의 것으로 보여도 처음 뿌리는 같은 실타래에 엉켜있는 덤불과 다를 바가 없다. b의 언니는 지금 어떤 시간을 보내고 있을까.

# 11

## 반의 것들

잘 지내셨어요?

네. 잘 지내셨죠?

그녀는 눈으로 살짝 웃고 또 커다란 가방 안에서 음식들을 꺼내기 시작했다. 끝도 없이 나오는 음식들을 보며 그저 반갑고 편하기보다는 다시 불편했다. 하지만 속내를 말하기도 어려웠다.

오늘 반찬들을 좀 많이 했거든요. 애들에게도 보내려고요. 그러다 선생님 생각도 나서요.

네. 감사해요. 그저 저까지 챙겨주시고 감사드려요. 이번까지만 잘 먹을게요.

그녀는 서운한 눈빛이 어린 눈으로 말했다.

제가 혹시 선생님을 불편하게 했나요? 죄송해요.

아. 그런 뜻이 아니에요.

사과하는 것에 익숙하고, 모든 일의 잘못을 자신으로 돌리고 금세 저자세를 취하는 그녀가 안쓰러우면서도 동시에 화가 났다.

드디어 그녀가 소파에 앉았다.

요즘도 빨리 와, 라는 소리가 자주 들리세요?

네. 어쩔 수 없는 것 같아요.

그런 소리가 들릴 때마다 한 번 거부해보세요.

네? 어떻게요?

나는 목소리에 힘을 주어 말했다.

안 가.

그녀의 표정이 미묘하게 달라졌다.

오랜 시간 시달렸으니 이제는 자신을 지키는 법을 차근하게 해보시면 어떨까 싶어서요. 어차피 들리는 소리는 어쩔 수 없지만요. 그래도 그저 당하는 기분에 주체적인 자신을 개입시키는 게임 같은 거라고 한 번 해보세요.

그게 효과가 있을까요?

해보기 전에는 모르니까요.

네. 해볼게요.

좋아요.

저기요. 선생님.

말씀하세요.

저번에 이미 말씀드린 것 중에 둘째가 차별을 당했다고.

네. 알고 있어요. 그런데요?

실은 그 애들의 아버지보다 제가 더 심했어요.

어떻게요?

아이가 백 점을 맞은 성적표를 가지고 와도 칭찬 한마디 안 해주고 언니가 상처받을까 숨기라고 하기도 했어요. 고기를 구워도 가장 맛있는 부분은 첫째 아이에게 주고 옷을 사줘도 한 아이에게는 비싸고 한 아이에게는 싼 것만 사줬어요.

왜 그러셨어요? 아버지는 그렇다고 해도 어머니시잖아요.

첫째 아이의 경쟁심이랄까. 그 애는 모든 것에 자신이 우위를 가지지 않으면 종종 집에서 싸움을 일으키곤 해서 제가 그나마 억지의 평온을 유지하기 위해서 그랬던 것 같아요. 집안은 늘 남편과 첫째 아이로 시끄러워서요. 저도 비겁하다는 것에 늘 마음이 걸리면서도 그 아이만을 위해서는 무엇도 해주지 못했어요.

무조건 늦었다고 생각하지 마시고 음식들을 보낼 때 편지라도 써 그 미안한 마음을 전하시면 어떨까요?

실은 해봤어요. 그런데 제가 보낸 음식들과 그 편지까지 고스란히 바로 반송되었어요.

아, 네.

둘째 딸이 너무나 가여웠다. 한 번도 제대로 칭찬받지 못한 아이, 기본적인 보상 심리도 받지 않은 아이, 늘 순위에서 밀려나고는 했던 아이, 그 차별을 고스란히 수용하던 아이의 마음이.

저기, 그리고 문자 하나가 왔어요.

뭐라고 하던가요?

알았어요. 그리고 음식은 보내지 마세요. 미안해요.

그게 전부였나요?

네.

그럼 둘째 따님을 직접 본 지는 얼마나 되셨나요?

거의 3년 정도요.

일이 많이 바쁜가요? 지금 어떤 일을 하고 있는지는 알고는 계시죠?

그 애는 문학을 전공했어요. 학비는 늘 장학금으로 스스로 해결했어요. 그쪽과 관련된 분야에서 일하고 있다는 건 아는데 정확히는 몰라요.

대단하네요.

네. 원래 총명하고 끈기도 참을성도 많았어요.

그 말을 하며 그녀의 얼굴이 붉게 달아올랐지만 울음기는 없었다.

이런 말씀은 좀 그럴지도 모르지만 상처는 겉으로만 보이는 게 아니에요. 차라리 드러난 상처가 나아요.

네.

그녀의 말에는 어폐가 있었다. 아이들을 위해 음식을 만들었다고 하고는 음식을 거부한다고 털어놓았다. 그저 음식을 받는 나의 부담을 줄여주려고 한 말인지는 모르겠지만 내게 음식을 가져다줄 이유도 없다. 무언가를 만들고 나눠주는 것이 천성일지도 모른다. 하지만 가장 그 음식을 먹길 바라는 상대는 자녀들일 것이다.

음식을 보내지 말라고 하면 하지 마세요.

네? 그래도.

그것도 하나의 의견이에요.

그녀는 내 말에 기분이 좀 상한 듯이 보였지만 우선은 고개를 끄덕였다.

그 당시 메꿔줘야 할 것이 텅 빈 채로 남아있는 걸 현재가 채울 수는 없다. 어설프게 어긋났어도 시간이 조금 흐른 후에 서로 별일도 아니었네, 라고 같이 웃는 것과는 다르다. 그 웃음은 공기 중으로 사라질 수 있다. 하지만 내내 메워지지 않는 것들도 존재한다. 시간이 너무 지나버리면 더는 손을 쓸 수도 없는 지경이 된다. 비루하고 남루하고 고집만 늘게 된 것들이 있다. 작은 두통이 있다고 응급실에 가는 사람이 많지 않듯이 가벼운 것들로 치부되는 것들이 그래서 강력하다. 어느새 자라난 넝쿨 더미처럼 그것들의 뿌리와 줄기와 잎들이 무성해져야 그제야 인지하게 되는 일이 얼마나 많은가.

무너진 가정. 그건 단지 부부의 헤어짐만을 의미하는 것이 아니다. 차라리 부모의 싸움 속에서 긴장과 불안의 상승도가 높아지는 것보다 어설픈 유지가 끝났다는 것을 깨닫고 받아들이는 것이 낫다. 진짜 문제는 그 전의 시간 동안에 무너졌던 것들을 스스로 어떻게 정리하느냐에 대한 어려운 숙제가 남는다는 사실이다. 긍정과 부정이라는 두 개의 선택은 그저 단순하고 커다란 범주일 뿐이다. 인간의 생을 흑과 백으로 단순하게 나눠 버릴 수 없듯이. 어떤 감정의 지분이 조금 더 분포되어도 다른 지분들도 마냥 고요하지만은 않다. 이미 깨진 균형 상태를 낱낱이 목격하고 갑자기 새로운 생으로 들어갈 수는 없다. 그럼 무엇이 필요할까. 시간만이 정답이 아니다. 그다음부터가 진짜 싸움이다. 초 단위로 나뉘고 분해되던 것의 감정을 무슨 수로 커다란 쓰레기통에 넣어 꾹 눌러 담아 밖에 버리고 홀가분해질 수 있을까. 그렇다면 무엇이 필요할까. 무엇을 할 수 있을까. 무엇을 기반으로 삼고 살아갈 수 있을까. 가파른 길을 걸었던 인간들은 작은 돌멩이 하나에도 의연하기는 어렵다. 나약해서가 아니다. 마음이 조금씩 닳다가 너덜거리는 헝겊 같아져서 바로 무언가를 할 수 없는 무중력의 상태를 직면하게 되는 것이다. 우선은 각자 따로 있는 것이 좋다. 조금이라도 압박을 덜 받아야 나름의 일상을 찾아갈 마음도 찾아올 것이다. 그 사이에도, 그 하루들에도 수도 없이 찾아오는 감정들이야 여전하겠지만 당장은 숨이라도 크게 쉬어야 한다. 그러다 보면 아주 미세할지는 몰라도, 그 헝겊은 더뎌도 더는 낡아지지는 않을지도 모른다.

그렇다면 나는 어떤가. 어쩌면 내게 생은 바람 빠진 풍선을 꿰매는 일, 수없이 듣고 들었던 노래의 가사가 갑자기 하나도 생각나지 않는 일, 간신히 상상하는 평온할 시간 앞에서 무례하게 먼저 걷는 일, 너그러운 무엇을 바라지만 그 실체가 무언지도 실은 모르는 일, 불을 잠재우려다 한기가 도는 몸의 소름을 보는 일, 그 얼음도 어쩐지 운명 같이 느껴져 자꾸만 허망해지는 마음을 어쩌지 못하는 일, 간단한 질문에도 바로 대답하지 못하는 더듬거림이 자꾸 익숙해지는 것 같아 피식 웃어보는 일, 혼자 있으면 통곡이라도 할 것 같았는데 아무것도 담지 않은 얼굴을 거울로 보고 고개를 돌려버리는 일, 종종 물조차 썹어 먹어야 하는 일, 어지러운 꿈에서 깨어나도 더 어지러운 현실에 고개를 젓는 일, 유통기한이 지나도 한참 지난 것들에 눈을 가늘게 뜨고 다시 확인하는 일, 별 상관도 없는 소리에 울렁거리다 괜한 타인들을 순간 증오하는 감정이 폭죽을 터뜨리듯이 상승만 하는 일을 혼자 넋을 놓고 목격하는 일, 밤이면 내일 아침이 없었으면 좋겠다는 생각을 이불 속에 넣고 눈을 감아보는 일, 고막이 터지도록 더 깊은 수압 속으로 자진해서 내려가는 일, 쌀알들이 퍼석거리는 모래 같아 뱉어버리고 마는 일, 누군가가 보기에는 책을 읽고 있는 모습을 하고 있어도 정작 자신은 무슨 책을 들고 있는지도 모르고 있는 일, 누군가를 위해서는 조언은 해도 자신에게는 말을 걸 수 없는 일, 어쩔 수 없는 결핍을 무시하기 위해 정신 밖으로 던져버렸던 기본적인 본능이 모양을 바꿔서 현재에 개입하는 일, 심하게 엇갈린 것들 사이에서도 그 생간 속에서 해대는 딸꾹질이 음표 같은 일, 누군가에게도 잘했다는 말을 들은 적이 없어 스스로에게도 건넬 수 없는 세 글자를 소유하지 못하는 일, 나쁜 꿈을 꾸고 그 꿈이 얼마나 오래 나를 찾아온 불청객인지를 깨닫고 어지러울 정도로 두려워지는 일, 언젠가라는 말을 미래에 넣지 않는 일, 때로는 한숨의 소리가 짙어서 바닥과 천장에 금이 가는 광경이 그려지는 일, 차라리 완벽하게 깨져버린 유리 조각들이 더 인간적으로 느껴지는 일, 어른을 가장한 시퍼런 아이를 빼낼 수 없어 소화제 한 알을 삼키며 누가 볼까 주위를 살펴보는 일, 어느새 주저앉은 자세가 더 편해진 자신을 보며 또 주저앉는 일, 영혼이 내는 뼈 사이의 소리가 미칠 것 같아도 외면할 수밖에 없는 일, 이미 묻혀있는 자신의 무덤 근처를 자꾸 서성이는 일, 비명도 비서도 연고도 없는 그곳에서 헐떡이는 숨을 가라앉혀보는 일, 그 무덤가에 털썩 앉아 그나마 자신을 버티게 한 비틀린 고집이 진짜 집이라는 걸 또 깨닫는 일, 무언가 지긋지긋한데 그 정체를 아는지 모르는지도 모르는 일, 무성한 잡초 위에서 고개를 묻고 근원을 따지기에도 지친 절망의 냄새를 맡는 일, 어쩌면 이 모든 것은 악몽일지도 모른다는 정말 꿈 같은 거짓말을 해대는 부질없는 일.

　작은 정보만으로, 환자가 말하는 이야기로 살아온 생을 다 파악하기는 어렵다. 그러므로 아주 사소한 그 단서들을 깊게 파고들어 확장과 추리를 해야 한다. 눈이 보이지 않아 손의 감촉만을 의지해서 그것이 무언지 가늠해보는 것처럼, 그래서 그 어둠의 겉면부터 들어가 조금씩 더 그 어둠의 넓이와 깊이와 색과 냄새와 시간과 꼬임을 우선은 사적인 감정을 빼고 최대한 파악하는 것이 내 일이다. 그리고 말은 필터라도 거칠 수 있어도 행동은 더 내면에 근접한 표식이니 눈동자를 많이 움직이지 않으면서 조심스럽고 날카롭게 순간을 잡아내는 것이 나의 할 일이다. 당연히 환자들도 내면의 자유가 있다. 끝까지 말하지 않는 것들도 있을 것이다. 당연하다. 차마 진단조차도 받고 싶지 않은 은밀함도 있을 것이다. 당연하다. 지극히 평범해 보이는 인간의 생도 그러할 것이다. 당연하다. 진실 속에서도 거짓의 티끌이 까끌거리고 거짓말 속에서도 미량의 진심이 내포되어 작은 모래알처럼 존재한다. 아주 기묘한 동거 같은 그것들이 같이 사는 영혼의 집은 늘 들썩인다. 당연하다. 태풍의 눈처럼 고요하지만 실은 몸을 키우기 위해 분주하게 필요한 영양분을 빨아들이는 중이다. 이미 알고 있는 음식은 의심 없이 삼켜지고 조금이라도 달달한 것들은 입술에 닿기도 전에 손으로 밀쳐 버린다. 그러니 사실은 사실이다. 들었던 건 들은 것이다. 더러운 기분은 더러운 것이다. 말로 저지른 범죄도 범죄이다. 타인의 영혼에 온기 하나 없이 손을 대는 것도 난폭한 폭력이나 다름없다. 누가 그런 권리를 부여받았나. 누가 그런 폭력을 감히 허용했나. 누가 그래도 괜찮다고 편을 들어줬나. 고개를 끄덕여줬나. 누가 그런 말들을 허락했나. 누가 말을 그렇게 악용하라고 눈을 감았나. 누가 그런 악취가 풍기는 입술을 가져보라고 했나. 도대체 누가? 왜? 무슨 이유로?

어떤 자격으로?

 타인의 이야기를 들어주는 것이 가장 중요한 내게는 그들을 만나 이야기를 하는 동안 최대한 자판을 두드리지 않는 편이다. 환자의 집중력을 떨어뜨릴 수도 있고 자신이 낱낱이 기록되고 있다는 것에 거부감을 가지는 환자들도 많기 때문이다. 자신의 고통이 낱낱이 기록되는 순간들을 보는 것마저 그들에게는 거슬리는 것이 될 수도 있으니. 나는 초성만 이용해서 그들의 정보를 펜으로 적고 그들이 진료실을 나가면 마치 속기사가 된 것처럼 금세 작성해서 밖에서 대기하고 있는 간호사들에게 전한다. 그렇게 그들을 만났고, 만나고, 만날 것이다. 만약 누군가에게 커다란 심호흡을 하고 속내를 털어놓았는데 상대방은 그것에 대해 기록만 해대며 건성으로 고개를 끄덕인다면 또 상처를 입을지도 모르니까.

 나뭇잎 하나가 떨어지는 소리도 듣는 사람들이 있다. 힘이 없는 티슈 한 장이 낙하하는 순간을 영원처럼 느끼는 사람들이 있다. 멀쩡했던 손에 불안이 얹어져 손글씨를 못 쓰는 순간들에 놀라는 사람들이 있다. 예전에는 눈에 들어오지도 않던 문양이 마치 극악한 폭력으로 변해 현기증이 온몸에 퍼지는 순간들을 발견한 사람들이 있다. 자신의 현재를 비추는 거울들을 하나씩 버리는 사람들이 있다.

가까운 누군가의 한숨을 흘려버리려고 밖으로 나왔다가 그것보다 더 짙은 한숨을 내뱉으며 초라해지는 사람들이 있다. 아무것도 필요하지 않다고 생각해도 실은 몇 가지는 꼭 필요해져서 괜히 지갑을 열어보는 사람들이 있다. 재능 하나 없는 자신을 원망하면서도 절망하는 재능만을 배운 것이 기막혀 먹먹해지는 사람들이 있다. 몸은 습관적으로 움직여도 시간은 반대로 끝도 없이 늘어져 버리는 느낌을 꿀꺽하고 억지로 삼켜대야만 하는 사람들이 있다. 나와 연계된 모든 것이 선물이 아닌 짐처럼 느껴져도 어디로도 갈 수도 없는 사람들이 있다. 마음 놓고 울 수 있는 한 평의 공간이라도 절실해도 형편이 좋지 않아 늘 하던 설거지를 하며 떨어지는 눈물까지 같이 씻는 사람들이 있다. 고무같이 질긴 접착력으로 재능을 발휘하는 끈적한 테이프처럼 아무리 힘을 줘도 도무지 떨어지지 않는 것들에 그저 손가락에 승리도 아닌 실패의 흔적에 얇은 밴드를 연신 붙여대는 사람들이 있다. 타인을 위한 거짓말을 하도 해대서 자신을 위한 거짓말은 한 톨도 건질 수 없는 사람들이 있다. 숨을 쉬지 못하는 고통의 덩어리가 고스란히 배어 이제 고통과 자신을 분간하기도 어려운 사람들이 있다. 아무렇지 않게 너는 예민해, 라는 말을 듣고 더 증폭되는 예민함을 발견하는 사람들이 있다. 마땅한 분노에도 말을 하기 전에 너무 숙고하다가 결국은 그만두는 사람들이 있다. 벗어날 수 없는 어떤 질긴 끈이 목을 칭칭 감아 숨을 쉬기가 어려워도 그것을 들키지 않기 위해 안간힘을 짜내는 사람들이 있다. 누구도 모르게 죽이고 싶은 인간들의 이름을 적다 종이가 넘어가고 또 넘어가면 자신의 기억력을 증오하게 되는 사람들이 있다. 학대받은 납득할 만한 이유를 찾지 못해서 결국은 자신을 학대하게 되는 사람들이 있다. 근원 없는 자책과 그래서 멍한 미래에 눈을 감았다가 뜨는 일이 일상이 되어버린 사람들이 있다. 피해자의 입장으로 증언석에 앉는 것보다 술수를 부리는 가해자를 차마 볼 수가 없는 자신에게 나약, 이라는 단어가 둥둥 뜨는 것을 미치도록 경멸하는 사람들이 있다. 커다란 소리는 넘겨도 속삭이는 소리는 소화할 수 없어 체한 채로 살아가는 사람들이 있다. 보란 듯이 살아가라, 라는 말이 너무나 멀어 그저 손에 잡히지 않는 별을 보듯이 또 가라앉고 마는 사람들이 있다. 별이고 달이고 다 욕지거리만 나와 자꾸 잔혹해지는 뻣뻣한 마음들에 더는 당황도 그만둔 사람들이 있다. 이 세상에 내 자리는 하나 없는 것 같아 서글프다가 분노로 자리를 옮기고 마는 사람들이 있다. 그리고 그 속에 당연히 나도 있다.

# 12

## 다시, 지독한 문장

오랜만에 날이 맑아 차를 끌고 이 도시를 돌아다녔다. 서울과 크게 다르지도 않다. 그러다 가장 큰 상점으로 들어가서 필요한 물건들을 샀다. 휴지, 간단한 식품들, 손전등, 묶음들이 물들, 그리고 별로 고를 것도 없는 이불 중에 그나마 적당한 것을 하나 담아 계산했다. 그러다 근처에 있는 작은 카페 하나를 발견하고 들어갔다. 차가운 녹차를 주문하고 카페 밖의 의자에 앉아 맞은편에 펼쳐진 들판을 가만히 바라봤다. 한량이 따로 없었다.

주문하신 음료 나왔습니다.

고맙습니다.

저, 그런데 여행하러 오셨어요?

네?

사교성이 넘치는 얼굴의 젊은 남자 직원이 있었다.

아니요. 얼마 전에 이 근처로 이사를 왔어요.

아아. 그럼 자주 들르세요. 여기는 일요일도 열어요.

네. 그럴게요.


구매한 것들을 금세 정리하고 창을 다시 활짝 열자 바람에 더운 공기가 섞여들었다. 이제 여름인가.

잠시 소파에 기대고 있다가 깜박 잠이 들었다. 한 시간도 되지 않아 나는 식은땀을 잔뜩 흘리며 간신히 정신을 차리려고 노력했다.

또다시 그 꿈을 꾼 것이다.

　그전의 꿈과 똑같이 나는 까마득한 절벽 아래로 몇 번이나 떨어졌고 그 소녀는 책을 반납하러 갔다. 여기까지는 같았다. 나는 꿈속에서도 그 섬에서 얼른 도망치고 싶어졌다. 하지만 원래의 고요하기만 했던 섬이 변형되었듯이 꿈은 또 달라져 버렸다. 조잘대며 내게 이야기를 하던 소녀의 얼굴이 고개를 돌리는 순간 어느새 Z로 변한 거였다. 잠시 너무 놀랐기는 했지만 정신을 차려본다. 그녀는 아닐 것이다. Z는 말을 하지 않으니까. 물론 그전에는 말을 하고 살았다는 것도 알지만. 번역 작가라고 했으니 당연히 책을 좋아하겠지만 꿈속의 어린 소녀와 잘 겹쳐지지는 않았다. 반복적으로 그 소녀가 책을 반납하러 가고 나는 다시 절벽 위에서 몇 번이고 계속해서 떨어졌다. 낙하하는 현기증도 고스란히 느끼고 물속으로 들어가 눈을 감아도 보이던 세상에서 가장 짙은 초록색은 그 빛깔이 무시무시했다. 그다음의 과정은 그냥 사라졌다. 그리고 어느새 나는 또 절벽 위에 서 있었다. 꿈속에서도 토할 것 같은 기분은 간신히 잠에서 깨어난 뒤에도 계속되었다. 이제 평온했던 섬은 완전히 사라졌다. 다시는 그런 꿈으로 들어가고 싶지는 않지만 내 의지로 가능한 것이 아니다. 어기적거리며 일어나 땀에 범벅이 된 몸을 씻어내고 싶었지만 당장은 불가능하다. 물에 대한 진한 거부감이 그저 일시적이기를 바라며 숨을 몰아쉰다. 대신 내 몸에서 나온 땀으로 젖은 이불을 재빨리 세탁기에 쑤셔 넣고 소파에 기대어 앉았다. 내 꿈은 병들었다. Z의 생각을 하지 않을 수가 없었다. 소녀는 Z의 어린 시절일까. 늘 책을 다 읽지도 못하면서 반납만은 어김없이 지키는 그런 아이일까. 왜 갑자기 소녀의 얼굴이 Z로 바뀐 걸까. 딱 세 번의 만남이 있었고 나는 그녀에 대해 잘 알지 못하는데.

그때였다. 어디선가 진동 소리가 들렸다. 내 휴대폰이 내는 소리라는 것을 깨닫고 찾는데 거실에서는 보이지 않았다. 그리고 여전히 진동하는 휴대폰을 간신히 세탁기 위에서 찾았다. 통화 버튼을 누르기 전에 번호부터 확인하는데 바로 문자가 들어왔다. 대학병원의 그녀, b였다. 나는 저번의 통화로 더는 곤란하다는 심정을 정확하게 밝혔다. 바로 문자를 확인하고 싶지도 않았다. 아직도 내 호흡은 꿈과 연결이 되어있어 차분하지 않았고 매번 같은 후회를 하는 자신이 싫어졌다. 왜 전화번호를 알려줘서. 아무리 절절한 눈빛이라도 그러지 말았어야 했다. 한동안 숨을 고르고 한참이 지난 후에야 문자를 열어봤다.

언니가 죽었어요.
문자는 그게 다였다.

나도 모르게 다시 바닥에 주저앉아 버렸다.

그 순간에도 두 가지 생각이 들었다. 하나는 나는 그녀 언니의 이야기를 들어주고, 나름대로 조언의 말을 하기도 했지만 그녀의 문자에는 나를 향한 깊은 원망이 배어 있다는 것이다. 다른 하나는 하나의 생명이 지상을 또 떠나며 지독한 환자 세 명을 확실하게 탄생시켰다는 것이다.

나는 어떤 문자도 보내지 않았다. 어쨌든 장례를 시작했을 상황일 테니 정신이 없을 것이다. 마음이 무거워진다. 그건 신뢰가 쌓인 관계에서의 안부가 아닌 보고였다. 상처를 입은 인간은 누군가를 원망하지 않으면 숨을 쉴 수가 없으니. 하지만 더는 정말이지 나도 곤란하다. 그녀를 위해서 해줄 수 있는 건 더는 없다. 한 번도 만나지는 못했어도 b의 언니 부고에는 진심으로 애통했다. 아마도 방 밖으로는 나오지 않았으니 타지에서의 우연한 사고는 아닐 것이다. 오늘은 여러모로 잠을 자기에는 어려울 것 같다.


나는 옮겨 온 모든 초를 남김없이 꺼내 한꺼번에 불을 밝히고 그저 바라봤다. 촛농들이 떨어지고 다시 초의 뿌리 근처에서 굳어가는 것을 본다. 여러 가지 향들이 섞이고 색들이 겹치고 정성스레 시간을 들여 바닥으로 자신의 몸을 흘려낸다. 마치 눈물처럼, 오는 줄도 모르는 얌전한 빗방울처럼, 자욱한 새벽 공기처럼 그것들은 고형의 봉인에서 풀려나 춤을 춘다. 연기는 매캐하지 않고 과장되지도 않으며 부끄러움 없이 자신의 알몸을 보여준다. 아주 천천히. 그리고 차분하고 열정적으로. 나는 이제야 그녀를 제대로 애도하는 것만 같다. 그녀와 남은 이야기는 이 지상이 아닌 다른 곳에서 나누게 되길 바라면서 그렇게 초만 바라본다.

멍하니 앉아있는데 진동 소리가 났다. 새벽 4시였다. 치밀어 오르는 짜증에 나는 전화를 일부러 빨리 받았다. b다.


교수님.

네.

내 대답을 듣자마자 그녀는 소리를 질러대며 울부짖었다.

언니가 죽었다고. 언니가!

네. 알아요. 문자를 보냈잖아요. 진심으로 유감입니다.

유감이라고요? 진심이에요?

무슨 말이 하고 싶은가요?

왜? 도대체 왜?

그 왜? 가 언니에 대한 건지 나에 대한 건지 알 수 없다. 나는 그저 숨죽이고 있었다. 할 말이 더는 없었다.

당신은 멀쩡하네요. 나는 지금 지옥 속에 있는데.

아. 슬슬 나도 한계가 오고 있다.

언니가 방에서 뛰어내렸다고!

그녀의 심정을 이해하면서도 깊은 곳에서 그녀에 대한 거부감이 더 짙어졌다.

다 당신 때문이야!

뭐가 저 때문이라는 건지 모르겠네요.

당신이 우리 언니를 무시했어!

또다시 기가 막혔다. 아무리 힘든 상황이라는 걸 감안을 한다고 해도 이건 앞뒤가 맞지 않는 분노이다. 내가 상담을 한 번이라도 했던 환자도 아니고 나에게 무슨 말이 하고 싶은 걸까. 아니, 그저 나는 이유 없이 분노의 대상이 되어버린 것이다. 또.

그래서?

뭐?

자신은 반말로 소리를 지르면서 내 반말은 거슬리는 건가.

지금 장례 중 아닌가?

그런데요?

지금 내게 원하는 게 뭔지 알 수가 없네요.

원하는 것 따위는 없어요.

그럼 왜 전화를 한 거예요? 몇 번이나 얘기했지만 제가 도와드릴 부분이 없다고. 다른 의사의 도움을 받으라고요.

내 말에 몇 초를 멈칫하다 이번에는 작은 목소리로 말했다.

병원에서 소문이 나면 곤란하잖아요.

나도 모르게 헛웃음이 나왔다. 결국 그런 이유였나. 굳이 나를 택한 이유가. 그럼 다른 병원에 가면 될 것을, 병원에서는 가족 관계도 굳이 조사하지도 않는데. 도대체 뭐가 중요한 건지도 모르는 인간이다. 어쩌면 그녀의 언니보다 더 병든 건 그녀인지도 모른다.

비겁하네요. 그렇게 언니를 생각하는 사람이 그게 더 중요하다면 할 말이 없네요. 더는.

그녀는 한참을 사납게 울먹이는 듯하다가 마지막 힘을 다하듯이 내게 강력한 말을 던졌다.


**당신은 절대 아무도 구원할 수 없을 거야.**


나는 바로 전화를 끊고 전원도 꺼버렸다.

몸이 덜덜 떨린다. 생에서 두 번째로 듣는 지독한 저주의 문장이다. 다시 열세 살이 되어버린 것 같다. 두 개의 문장 모두 공통점이 있었다. 욕보다도 더 잔인한 저주 같은 시뻘건 공기, 영혼으로 파고드는 직격탄, 대책 없는 무례함, 자신이 버거워 마구 던져대는 현란하기만 한 변화구, 누군가의 소멸이 나의 소멸로 향하는 이상한 기류, 가장 상대방에게 치명적인 말을 찾아내 바로 던지는 논란 없는 스트라이크, 그 본능적이고 저돌적인 성난 난동질에 또 마음이 흐트러지는 허술한 어른, 방금 들은 말을 귀에서 파내고 싶은 예전과 똑같은 정신의 울렁거림. 그 모든 감정은 대단하고 동시에 아주 시시했다.

다음 날, 나는 정오가 되자마자 나가서 드디어 휴대폰의 번호를 바꿨다. 마음이 조금 홀가분해졌다. 처음부터 그랬다면 그런 말도 듣지 않았을지 모르는데. 하지만 그 후회도 소용없다. 일말의 남은 자책감도 소용없이 변태를 바로 거친다. 인간의 마음이란 이렇게 간사한 것이다. 감당할 수 없는 독기에는 내 방식의 독기로, 감당할 수 없는 무례함에는 내 방식의 무례로, 감당할 수 없는 일방적인 분노에는 내 방식의 침묵으로 대처하며 또 살아간다. 그나마라도 자신을 지키기 위해, 그나마 자신을 지탱하기 위해, 그나마 목적은 없어도 버티기 위해서. 나도 이기적인 인간 하나일 뿐이다.

# 13

## 망각을 원하는 자들

선생님, 잘 지내셨어요?

네. 덕분에요. 잘 지내셨어요?

나는 그녀의 손부터 살핀다. 다행히 이번에는 가져온 것들이 없다.

차 한 잔 드세요.

네. 괜찮으시면요.

나는 심리 안정에 효과가 있는 라벤더 허브차를 내리며 슬쩍 그녀를 살폈다. 오늘은 어쩐지 기분이 좋아 보여 다행이다.

그녀는 차를 한 모금 마시고 말했다.

저, 효과가 있었어요.

네?

늘 들리던 그 소리요.

정말이요?

처음에는 별 효과가 없는 것 같았는데 안 해, 라는 말로 계속 대답하자 조금 나아졌어요.

정말 잘하셨어요. 그 목소리는 또 들리겠지만 결국은 희미해지다가 사라질 날이 결국은 올 거예요.

다 선생님 덕이에요.

아니요. 직접 그렇게 하신 건 제가 아니니 앞으로도 그렇게 하시면 돼요.

네. 그럴게요.

따님들은 요즘 어떤가요?

특별한 일은 없어요. 워낙 연락을 자주 하지도 않으니까요.

또 쓸쓸한 기색이 그녀의 얼굴에 드리워졌다.

혹시 괜찮으시다면 지금 하시는 일이 있는지 여쭤봐도 될까요?

저요?

네.

아. 별것도 아닌데요.

별것도 아닌 건 없어요.

그 질문을 한 이유는 그녀의 직업이 궁금해서가 아니었다. 둘째 딸에게 돈을 받고는 있고 그 액수는 모르겠지만 그걸로는 생활비가 충분할까 싶어서였다.

실은 작은 반찬 가게를 하고 있어요. 크게 돈을 벌지는 못하지만요.

아, 그래서 그렇게 음식 솜씨가 좋으셨구나. 정말 맛있었거든요.

내 말에 그녀는 수줍게 웃었다.

특별한 재주도 없고 그저 하던 일이 밥하는 일이었으니까요.

그것도 재능이세요. 혹시 반찬 가게 위치 알려주시면 가서 사서 먹을게요.

아니에요. 선생님. 언제든지 드시고 싶은 게 있으시면 편히 말씀

주세요.

네.

대답은 했지만 그럴 일은 없을 것이다. 나는 여전히 공짜로 무언가를 받는 것에 익숙하지 않은 인간이다.

실은 어제 둘째에게 문자를 보냈어요.

뭐라고 보내셨어요?

얼굴을 본 지도 오래되었으니 괜찮다면 와서 밥이라도 먹고 가라고요. 그런데 한참 후에 답이 왔는데.

네.

좀 바빠서 나중에 갈게요, 라고.

네.


둘째 딸은 그녀에게 들었듯이 겉으로는 무덤덤해 보여도 오래된 상처를 세세히 기억하고 가지고 있을 것이다. 첫째 딸은 위협적이고 이기적이기는 해도 자신을 표현하는 반면 둘째 딸은 그녀 엄마의 평온을 지켜주기로 한 마음이 있었을 것이다. 나는 어쩐지 둘째 딸의 심정이 생생하게 헤아려진다. 둘째 딸은 자존감이 높을 것이다. 자존감은 자부심이나 자존심과는 전혀 다르다. 마치 겸손과 낮은 자존감의 틈새가 완전히 다른 영역이듯이 말이다. 책임감이 강하고, 독립적이고, 엄마에게 일말의 돈을 사심 없이 보내고 아무것도 바라지 않는다. 첫째는 첫째대로, 둘째는 둘째대로 나름의 이유로 가족과 거리를 두고 있다.


저, 선생님.

네.

혹시 약 처방도 하시나요?

그녀가 조심스럽게 물었다.

네. 혹시 다른 문제라도 있으신가요?

잠을 푹 자기가 어려워요. 여전히 불안한 마음도 늘 있고요.

얼마나 그런 상태였는지 기억하세요?

너무 오래되기는 했는데 딱 언제부터인지는 정확하게는 잘 모르겠어요.

이해해요. 마음이 편해야 잠도 오는 건 당연하니까요. 혹시 수면제 같은 약을 드셔본 적은 있나요?

그녀는 고개를 저었다.

체질이 원래 잠이 많은 편도 아니었고 늘 일찍 일어나서 주방으로 가서 해야 할 일들이 많았으니까요.

당연하다. 나름 가족들을 위해 희생하는 인생이었고 이제는 첫째 딸의 문자를 받을 때마다 잠을 잘 수도 없었을 것이다.

혹시 약도 중독이 되나요?

사람마다 다르기는 해요. 그러면 가장 가벼운 신경 안정제를 처방해 드릴 테니 자기 전에 한 알씩만 드셔보세요. 수면제는 중독성이 있어 처음부터 권해드리고 싶진 않아서요.

그녀는 잠시 생각을 하더니 고개를 끄덕였다.

먹어볼게요.

나는 딱 일주일 분량의 자나팜 알약 7개를 가져와 건넸다.

저도 종종 먹는 약이니 걱정은 마시고요.

아. 선생님도요?

네. 저도 불면증이 있어요. 인간이니까요.

내 말에 그녀는 웃었다. 그리고 바로 말했다.

죄송해요.

뭐가요?

어쩐지 인간이라는 말에.

괜찮아요. 그리고 그런 것에 너무 사과를 자주 하지 마세요. 웃음이 나오면 그냥 웃으시면 돼요.

정말 감사드려요. 선생님.

그녀는 처음 보는 살구색의 알약을 가방 안에 넣고 몇 번이나 고개를 숙여 인사를 하고 이번에는 꾸겨진 오만 원을 놓고 여전히 빠른 걸음으로 사라졌다.

처음으로 신경 안정제를 손에 들고 있던 순간이 떠오른다. 그건 소화제나 두통약과는 확연히 다른 느낌이었다. 삼키면 패자가 되는 것 같고 동시에 삼키면 어떻게 될지 궁금하기도 했다. 내일 먹을까, 하다가 결국은 입속으로 넣어버리던 그 순간이 지나자 조금 멍해지는 것 같았다. 혹시 몰라 얼른 침대 위 이불 속으로 들어가 읽던 책을 펼쳤다. 그리고 다음 날 아침, 책은 침대 사이에 빠져 있었고 나는 어떤 꿈도 꾸지 않고 푹 잤다. 처음에는 그저 신기했다. 그 약은 위장으로 들어간 게 아니라 나도 모르는 내 뇌의 어딘가를 파고든 것 같아서 감탄과 약간의 의아함도 들었다. 그렇게 약은 나를 이끌었다. 보름 정도가 지나자 약을 먹어도 중간에 잠을 깨기 시작했고 간신히 얻은 잠을 박탈당한 기분이 들어 비슷한 약들을 더해 다시 열심히 잠을 자려고 하기도 했다. 깨어있지 않은 순간들이 절실해서 그렇게 나는 약들과 공존하게 되었다. 낮은 내가 어떻게든 책임질 테니 밤만은 좀 기대겠다고. 어떤 꿈도 필요 없으니 그저 나를 잠들게 해달라고. 그 바늘구멍 같은 잠의 입구로 나를 들여보내 달라고. 잠시라도 지상에서 나를 벗어나게 해달라고. 그저 몇 시간만 좀 제대로 쉬게 해달라고. 그거면 나는 충분하다고. 더 남은 욕심도 없다고. 그랬다. 그랬었다. 그러고 있다. 모든 시간을 내가 가지고 있다. 그 버거운 패배의 소유를.

그녀는 오늘 밤에 그 약 한 알을 삼킬까. 그리고 좀 편안한 잠으로 들어갈 수 있을까. 적어도 일주일 후면 알게 될 일이다. 그녀의 딸들에 대해 메모를 첨부한다. 그리고 이제 거의 밑동만 남은 초들을 태우며 바라본다. 다 타서 심지도 사라지고 바닥으로 낮아질 촛농만 남으면 이제 나도 그녀가 자유롭다고 믿을 수 있을까. 그러려고 초들을 태우는 것이다. 마지막 초까지 스스로 꺼지자 암전, 이었다. 나는 이제 그녀가 진심으로 평안하기를 잠시 마음으로 기도하며 더는 불을 피우지 못하는 초들을 버렸다.

아직도 깊은 밤은 멀었다. 메모를 해두었던 수첩들을 살펴보다 그녀와 그녀의 딸들의 마음의 방을 상상해본다. 그림으로 그들을 그려본다. 그들의 가족을 수학적으로 분석하려고 해본다. 각자의 원을 만들고 그들의 뇌에 들어있을 법한 감정들은 다른 색으로 적어넣고 검게 그렸던 원에 느껴지는 색들을 칠해본다. 엄마인 그녀는 어쩐지 갈색 쪽에 가까웠지만 그 근처에는 붉은색도 얼핏 느껴졌다. 남편에게는 솔직히 어떤 색도 느껴지지 않았다. 그저 미지근하고 색이라고 표현할 수 없는 무언가만 있었다. 첫째 딸에게는 형광의 조금 요란하고 눈이 아픈 진한 분홍색을 칠하고 둘째 딸에게는 바다의 색과 닮은 파란색을 주로 칠하다가 빨강과 갈색을 조금 첨부했다. 그건 나의 느낌일 뿐이지만 누군가가 가지고 있는 오라, 같은 것이다. 갈색은 편해 보이지만 우유부단 면을 떠올리게 하고, 시뻘건 색은 실은 검은 색이나 마찬가지로 둘이 같이 평온하게는 공존하지 못하는 기질같이 보이고. 예감이지만 그녀의 첫째 딸에게는 나르시시트가 가진 소유 공격성의 냄새가 났다. 소유 공격성이란 우월성 열등감과 거의 한 선상에 놓인. 즉 누군가의 관심이 사라지면 견딜 수 없는 성향이다. 의학적으로는 뮌하우젠 증후군. 자신의 상황을 과장하고 부풀리는 이유는 타인의 환심을 사거나 동정심을 유발하기 위해서이다. 자신 자체로는 자신을 증명할 수 없으니 타인에게 받는 관심이나 에너지로 살아가야 한다. 실은 만약 이것의 뿌리가 깊다면 대책이 없다. 둘째 딸의 색을 보자 펜이 잠시 멈추고 만다. 나도 모르게 둘째 딸이 가진 색이 내 속과 비슷해 보여서이다. 늘 져주고, 감정을 숨기고, 칭찬받아야 마땅한 것들이 부서지기만 했을 그녀에게는 그 과거들이 지금 그녀를 강하게 해주었을까. 아니면 거리를 두는 것에 능숙한 인간으로 만들었을까. 나는 그냥 수첩을 덮고 만다.

선생님.
딱 일주일만이다.
잘 지내셨어요.
네. 약은 어떠셨어요?

저, 잠을 잘 잤어요.

아, 그러세요? 정말 다행이네요. 처방해드린 약은 크게 부작용은 없는 편이라서요.

저, 그 약이 더 필요해요.

네, 그럼 우선은 일주일 분량만 처방해드릴게요.

내 말에 그녀의 얼굴에는 화색이 돌았다.

살면서 처음으로 편안하게 자본 것 같아요.

고단한 생에 지쳤던 육신과 마음에 깊은 잠은 거의 기적 같이 느껴질 것이다.

꿈은 꾸지 않으셨어요?

네. 전혀요.

그럼 일주일 동안 드실 약은 드릴게요.

더는 안 되나요?

네. 다른 약과는 달리 정신과 약은 처음에는 일주일 단위로만 드려요. 어떤 병원에서도 마찬가지예요.

네. 그럼 일주일 동안 먹을 약만 주세요.

나는 알약 일곱 개를 비닐에 따로 넣어 건넸다.

그녀는 무슨 귀한 보석이라도 받은 듯이 조심스레 가방에 넣었다.

하지만 한동안의 잠은 이 알약이 책임을 다하겠지만 근본적인 것들은 여전히 남아있다. 그것들을 완전히 없앨 수는 없지만 바로잡아야 한다. 그건 그녀가 자발적으로 움직여야 한다. 솔직히 나는 그녀의 두 딸들을 따로 만나보고 싶다. 그녀들만의 이야기를 듣고 싶다. 지금까지 들었던 이야기와 얼마나 같을지는 모르겠지만 절반의 정보는 가지고 있으니. 그저 약이 아닌 진짜 근원들에 대해 알고 싶다.

저, 어려운 일이겠지만 따님들을 제가 만나볼 수 있을까요?

네? 왜요?

나는 언어를 순화해 평범한 필터의 말로 말했다.

누구나 속내를 들어줄 사람은 필요해요. 제 생각에는. 제가 도움이 될지는 모르겠지만요. 어쩌면 그저 직업병인지도 모르겠지만요.

내 말에 갑자기 그녀가 몸을 웅크리고 흐느끼기 시작했다. 그리고 잠시 후에 울먹이는 목소리로 말했다.

그럴 수 있다면 좋겠지만 아마 저 때문이라도 오지 않을 것 같아요.

괜찮아요. 제 말에는 전혀 신경 쓰실 필요 없어요.

아니에요. 실은 저도 그 애들이 그리워요.

가슴이 아려온다. 어머니의 마음이란 당연히 이런 것일 것이다. 나는 한 번도 가져보지 못했지만.

그녀는 시뻘겋게 충혈된 눈으로 집으로 돌아갔다.

인간들이 바라든 바라지 않든 망각이 완전하지 할 수 없는 이유는 그렇게나 시간을 먹고도 아직도 자신의 정신과 몸을 옭아매고 있는 과거의 꼬리들이 현실에 있기 때문이다. 멀쩡하게 지내다가도 갑자기 찾아와 기억이 완전히 휘발되지는 않았다는 걸 현재에 보여주기 때문이다. 석연치 않은 이별처럼 시계를 자꾸 돌려보는 것이다. 이미 해버린 이별을 두고 다시 그 당시로 돌아가 만약, 이라면 하는 질문을 던지고 받는 것이다. 만약은 없다. 그걸 알면서도 인간의 마음과 뇌는 후회하는 것을 질색하기 때문이다. 후회라는 감정은 실패와 가까이 연관이 되어버리는 작용이 있기 때문이다. 그러니 후회하지 않는 생도 없겠지만 후회를 외면하는 생도 있기 마련이다. 하나의 인간 안에도 그것들은 늘 싸우고 있다. 나는 싸움에 이긴 인간이 아니다. 지지 않으려고 노력해도 부메랑 같은 것들이 늘 내 근처의 허공에서 어디로 갈지 예측할 수 없는 모를 방향과 선으로 날고 있다. 손으로 던져도 내 손으로 다시 무조건 돌아오지 않는다. 그러니 지하 같은 하늘을, 부메랑에 얹힌 과거들을 땅에 떨어지면 회수하고 숨기는 수밖에 없다. 망각을 원한다는 것 자체가 기억이 선명하다는 것이니까. 누군가에게는 그냥 지나간 일일지 몰라도 누군가에게는 영원이 되는 것들이 너무나 당연히 존재해 펄떡거리고 있다.

**14**

**M**

일주일이 또 지났다.

선생님, 이거 드세요. 하며 가방 안에서 검은 봉지를 꺼내 탁자 위에 올려놓았다.

정말 별거 아니에요.

어쩐지 내 눈치를 보는 것 같아서 나는 일부러 그 비닐봉지에 관심을 보였다.

이게 다 뭔가요?

내 말에 그녀는 부끄러운 듯이 웃었다.

잡채에요.

아. 제가 좋아하는 건데 이렇게 받아도 될지 모르겠네요. 매번.

되도록 빨리 드세요. 날이 점점 더워져서요. 남은 잡채들은 냉동실에 넣어놨다 기름 두르고 그냥 익혀 드시면 돼요.

고맙습니다. 잘 먹을게요.

내 반응에 그녀가 기뻐하는 기색이다. 그리고 잡채는 나도 좋아하는 음식이었다.

약은 매일 드셨어요?

네.

그럼 일주일 분량을 다시 처방해드릴까요?

네. 그리고 드릴 말씀이 있는데요.

편히 말씀하세요.

무슨 일이 그 사이에 있었던 걸까.

첫째 아이가요.

네.

선생님을 만나고 싶다고 해요.

네?

저번에 내가 먼저 슬쩍 말을 꺼내기는 했지만 크게 기대는 하지 않았다.

뭐라고 말씀하셨는데요?

여기 근처에 마음을 알아주는 선생님이 오셨다고. 혹시 괜찮으면 선생님을 한 번 뵈면 좋겠다고 했어요.

나는 믿기지 않았다. 그렇게 고분고분하고 순한 기질이 아니라는 건 이미 알고 있으니까.

솔직히 말씀드리면 그걸로 갑자기 따님이 바로 내려오겠다고 한 건 저로서는 조금 의외네요.

실은 내려오면 용돈을 주겠다고 했어요.

아. 네. 하지만 그건 별로 좋은 방법은 아닌 것 같은데요. 왜 그렇게까지 하셨어요?

네. 저도 알아요. 하지만 그 애의 마음을 움직일 수 있는 건 그것밖에 생각이 나질 않아서요.

우선 알겠습니다. 그래서 언제쯤 온다고 하나요?

그건 곧 알려주겠다고만 했어요.

네. 그럼 우선은 그렇게 알고 있을게요.

그럼 둘째 따님은요?

아. 우선은 첫째 아이한테만 말했어요. 둘이 만나면 아무래도 어색할 것 같아서요.

네. 그럼 따님이 오시기 전에 연락주세요. 괜찮으시면 따님은 혼자 오시는 게 나을 것 같아요.

왜요?

아무리 가족이라도 혼자 있어야 편하게 이야기를 할 거예요.

네. 그럴게요. 선생님.

얼핏 표정에 서운함이 스쳤지만 나는 모른 척했다. 어쩔 수 없다. 내 앞에서 가족끼리 싸움이 일어나는 것은 더 참담한 결과만 늘릴 뿐이니까. 내가 불편한 것만이 이유가 아니다. 그녀의 딸은 올 수도 있고 영영 안 올 수도 있다. 그래도 우선은 첫째 딸을 이니셜 M,으로 정해놓았다.


안녕하세요.

드디어 M이 왔다. 첫인상은 그저 밝고 붙임성이 있고 객관적으로도 미인이었다.

반갑습니다. 어서 오세요.

선생님은 훈남이시네요.

그 말에 조금 당황했지만 고맙다는 말 대신 다른 말을 골랐다.

시원한 거라도 드실래요?

시원한 커피가 있으시면 주세요.

차 한잔에도 쩔쩔매던 엄마와는 확연하게 다르기는 하다.

나는 커피를 내리고 얼음을 꺼내며 슬쩍 그녀를 봤다. 아무렇지 않게 다리를 꼬고 앉아있었다. 긴장감이라고는 전혀 느껴지지 않았다.

커피 드세요.

내가 가져온 커피에 어떤 의례적인 인사도 없이 바로 커피잔에 입술을 가져가 마시고 있다. 이렇게 느긋한 사람은 처음이다. 마치 느긋한 시간을 즐기려고 카페에 온 사람 같았다.

나는 먼저 말을 꺼내지 않기로 했다.

선생님, 왜 아무 말도 없어요?

불편하세요?

그건 아닌데요. 이상하잖아요. 보통 정신과 의사들은 이것저것 물어보지 않나요?

그렇죠. 그럼 질문을 하나씩 드릴까요?

좋아요. 그녀는 마치 신이 난 듯이 보여 신기했다.

나는 그냥 돌진하기로 했다.

왼쪽 팔등은 왜 그래요?

제가 그어댔죠. 이미 알고 계실 것 같은데요. 엄마가 말했겠죠.

나는 일 초의 망설임도 없이 말하며 고개를 저었다.

아니요. 어머니는 그런 말씀을 하지 않으셨어요. 그냥 딱 보이잖아요. 이유를 여쭤봐도 될까요?

뭐, 그냥 사는 게 지루해서요.

나는 한숨을 내뱉지 않으려고 노력했다.

그렇군요.

선생님은 좀 이상하시네요.

뭐가요?

보통은 그 이유를 물어보거나 조언을 하지 않나요?

그럼 왜 사는 게 지루한지 물어봐도 될까요?

그냥 다 지루해요.

하시는 일은 있어요?

내 말에 잠시 머뭇거리다 대답했다.

지금은 없어요.

그럼 생활비는 어떻게 충당하세요?

좀 모아둔 돈이 있어요.

거짓말이다. 거짓일 것이다.

그럼 하고 싶으신 일이 있으세요?

뭐. 쇼핑몰 모델 같은 제의는 종종 들어오기는 하는데 아직은 결정을 하지는 않았어요. 선생님이 보실 때 저의 외모는 어떤가요? 좀 그런 질문인가.

이제야 조금씩 더 자신을 드러내기 시작했다고 생각했다. 그 기회를 놓치지 않고 바로 얼른 물었다.

예쁘세요.

내 말에 그녀는 드디어 만족한 표정이 되었다.

사랑을 많이 받고 자라셨을 것 같아요.

갑자기 그녀는 흥분했다.

전혀요! 실은 내가 이러는 것도 다 가족 탓이라고요!

그러면서 선이 그어진 왼쪽 팔등을 자랑스럽게 한껏 들어 보였다.

무엇이 그렇게 마음에 들지 않으셨어요?

부모는 가난하고 촌스럽고 게다가 이혼까지 하고. 한심해요.

부모님도 그런 결정을 하기에는 분명 많은 고민을 하셨겠죠. 물론 자식 입장에서는 좋지 않은 일이지만요.

내 말에 그녀는 피식 웃었다.

너무 뻔한 말이네요. 누구나 할 수 있는. 실은 뭐, 지금은 크게 상관도 없지만요. 저는 보기보다 강하거든요. 그리고 이미 벌어진 일인데 어쩌겠어요.

하지만 받아들였다는 느낌보다는 빈정거림이 섞인 말투였다.

그런 일은 언제부터 시작됐나요?

무슨 일이요?

나는 그냥 직설적으로 말했다.

자해요.

아, 오래됐죠.

어떤 상황에서 그렇게 하세요?

내 말에 갑자기 그녀의 눈에 웃음기가 사라졌다.

선생님이라면 어떤 상황에서 이럴 것 같아요?

글쎄요. 당연히 상처받거나 과거가 밀려와 고통스러우면 그러지 않을까요? 하지만 습관이 되는 건 스스로 막아야 해요.

지금 습관이라고 했어요?

네.

눈빛에 문득 살기가 돌았다.

나이는 먹어서 상처 하나 없는 사람에게 그런 말은 듣고 싶지 않아요.

한참 침묵이 흘렀다. 시간으로 잰다면 일 분도 되지 않을 동안 나는 감정이 고조되고 말았다.

저의 상처에 대해 아세요?

나는 가만히 그녀의 눈동자와 사투를 벌였다.

30초도 지나지 않아 그녀의 눈동자는 다시 멍해졌다. 하지만 그녀는 기묘하게도 바로 일어나서 나가지도 않고 아직도 내 앞에 앉아 있다. 나는 마지막이길 바라는 질문을 했다.

다른 형제는 없나요?

없어요.

그녀는 도대체 어떤 세상 속에서 자신을 속이며 살고 있는지. 세상을 떠난 형제라면 상처 때문에 그렇게 대답할 수도 있겠지만 아예 쌍둥이 동생의 존재 자체를 감춰버렸다. 이야기는 속내로 들어가지 못하고 겉에서만 맴돌아서 나도 점점 지쳐가고 있었다. 더는 무리같아 진짜로 마지막 질문을 던졌다.

저를 왜 만나러 오신 이유가?

그녀는 피식 웃더니 대답했다.

죄송하지만 그냥 호기심이 발동해서요. 말했잖아요. 저는 사는 게 지루하다고요.

드디어 그녀가 가자 나는 오물을 뒤집어쓴 기분이 들었다. 한 단어, 한 문장에도 진심이라는 것이 결핍된 인간이다. 그저 자신을 드러내기 어려운 인간과는 아예 영역이 달랐다. 그녀의 영혼에서는 어떤 것도 건지지 못했다.


M은 소유 공격성이 거의 확실하다. 소유 공격성은 전문적인 용어로는 FAP (Fixed Action Pattern) 라고 지칭하는데 그 유형의 특징

이 너무 뚜렷하게 느껴졌다. 어머니에게는 자기애가 강하니 너무 걱정하지 말라고 한 말도 속내는 더 무거운 짐을 보태기 싫은 반의 거짓말이었는데 실제로 그랬다. 모든 것이 자신의 것이 되어야 하고 모든 이들이 자신에게 집중하지 않으면 화가 나고 주목받기를 좋아한다. 누군가와 무얼 나누는 것은 거의 불가능하다. 공감이나 배려는 그 정신 속에 없다. 나와 만났을 때도 일부러 상처를 낸 팔등을 무기로 삼고 내 반응이 자신의 기대에 미치지 못해 화가 났을 것이다. 내가 휘둘리지 않는 것이 분노의 감정으로 이끌었을 것이다. 냉정하게 말하자면 그녀는 내가 아주 싫어하는 부류였다. 차라리 고통을 호소하거나 일말의 속내라도 보여줬더라면 내 태도도 조금 달라졌을지 모르겠지만 자신이 만든 왕국에서 벗어날 생각이 전혀 없는 고고한 공주님은 그곳에서 살아야 한다. 그 팔등에 그어진 선으로 동정심을 유발하거나 그것을 유혹의 도구로 삼으며. 그러니 그녀에게 자기애, 라는 것은 자신의 방어기제인 동시에 타인의 감정에 대해서는 눈을 멀게 하는 무관심의 무지함을 안고 있는 것이다. 거짓의 표면들은 늘 미끄러워 자신에게는 놀이, 비슷한 것이 될 수 있어도 타인에게는 그저 미끄러운 위험일 뿐이다. 그녀는 확실한 나르시시스트다.


 바로 다음 날이었다.

아직 일주일이 되지 않았는데 온 이유는 당연히 알고 있다.

어서 오세요.

네. 선생님.

그녀의 표정에는 궁금함과 걱정이 잔뜩 묻어있었다.

그 애가 실례를 한 건 아닌지 신경이 쓰여서 왔어요. 죄송합니다.

아니요. 그럴만한 일은 특별히 없었어요. 저를 만나고 따님과 대화를 나누셨겠죠?

아. 그게. 아니요. 집에도 들르지도 않고 바로 서울로 가버렸어요.

그리고요?

그녀는 잠시 머뭇거렸다.

문자만 하나 왔어요.

네.

머뭇거리는 그녀에게 나는 그저 편히 말하라는 눈빛을 보냈다.

정신과 의사라더니 뭐 다를 것도 없네. 다시는 안 가.

나도 모르게 웃었다.

괜찮아요.

죄송해요. 정말 죄송해요.

전혀요. 그러실 필요 없어요. 나쁜 이야기가 오고 가지는 않았어요. 그저 솔직하게 말씀드리자면 소통이 전혀 되지를 않았어요.

아. 그녀는 탄식을 뱉었다.

아이가 좀 버릇이 없죠?

나는 살짝 고개를 끄덕였다.

그런 나를 보며 그녀는 다시 고개를 숙였다.

그러지 마세요. 환자들도 다 자신에게 맞는 의사가 있거든요. 의사와 환자의 관계가 아니라도 인간들은 모두 다 다르니까요.

그런데 그 아이가 자해하는 이유는 말을 하던가요?

당연히 궁금할 것이다. 하지만 어쨌든 사는 게 지루해서라는 말도, 형제가 없다는 말도 그대로 전해야 할지 어떨지 순간 난감해졌다. 그 이야기는 하지 않는 편이 낫다.

네. 슬쩍 물어보기는 했는데 속내를 잘 털어놓지 않아서요. 누구나 조금씩 가지고 있는 우울 정도에요. 제가 볼 때는 크게 걱정은 하지 않으셔도 될 것 같아요. 아직 과도기 같아요.

그건 실은 이중적인 의미였지만 그 말에 구원이라도 있는 듯이 그녀는 안심한 얼굴로 돌아갔다. 하지만 마음은 복잡할 것이다. 그녀는 알약 하나를 삼킬 것이다. 나도 저항 없이 알약 하나를 삼켜버리고 누웠다. 긴 하루였다.


새벽에 잠이 깼다. 온몸이 쑤시며 근육통이 시작되었다. 그래도 다시 잠을 잘 수는 없어서 진한 차 한잔을 앞에 두고 어둠 속에서 앉아있다. M을 다시 볼 일은 없을 것이고 그건 내게도 다행일 것이다. 소통을 원하지 않으면서도 버릇없는 장난기만 가진 인간들까지 내가 모두 포용할 수는 없다. 내게 자발적으로 온 그들은 마음이 오래 닫힌 상태가 대부분이다. 하지만 공통점은 얼마나 작은 이해라도 원했는지에 대한 절박함이다. 그런 절박함이 없다면 나도 할 일이 없다.

**당신은 절대 아무도 구원할 수 없을 거야.**

지금 내 영혼에 루미놀 용액을 뿌리면 어떤 색이 드러날까. 알 수 없다. 온 진심을 뭉쳐 자신을 단죄하던 인간의 색은 붉을까. 파랄까. 아니면 먼지만 가득한 회색일까. 하긴 알아봤자 무슨 소용이 있는 것도 아니다. 나는 고개를 젓고 한참을 버티다 다시 이불 속으로 들어가 몸을 최대한 웅크렸다. 그 말은 상처였지만 맞다. 나는 아무도 구원할 수 없을 것이다.

**15**

Z

새벽의 기운을 보며 다시 깨어났다. 아직 남아있는 근육통의 반을 가지고 물을 한 잔 마시고 한 시간 분량의 잔잔한 피아노 연주를 틀어놓고 아침이 오는 장면을 가만히 바라본다. 그런데 누군가 현관 앞에 있었다. 이 시간에 여기에 올 사람은 아무도 없는데. 모자를 푹 눌러쓴 작은 체구의 누군가가 현관문 앞에 무언가를 놓고 있다. 나는 바로 나갔다. 그러다 막 돌아서려고 몸을 일으키는 누군가와 정확히 눈이 마주쳤다. 한참의 침묵이 그대로 고였다.

아.

그녀도 놀란 얼굴이었다.

그녀였다. Z.

나는 그녀를 보다가 익숙한 비닐봉지를 봤다. 그럼 Z는 그녀의 쌍둥이 중에 둘째인가. 하지만 그녀의 어머니에게는 말을 하지 않는다는 이야기를 들어본 적이 없다. 설마 자발적 실어증이 거짓말이었을까. 아니면 그녀의 어머니가 알면서도 말하지 않은 것일까.

괜찮으시면 잠시 들어오시겠어요?

그녀는 멈칫거리다 고개를 끄덕이고 현관에 내려놓았던 짐을 챙겨 안으로 들어왔다.

벌떡대는 심장을 숨기고 그녀가 소파에 앉자 나는 물어보았다.

잠시 같이 뭐라도 마셔요. 커피 드릴까요?

그녀는 고개를 끄덕였다.

따뜻한 커피, 아니면?

그녀는 두 번째 손가락을 만들어 보여줬다.

나는 차가운 커피 한 잔과 물을 가지고 와 그녀와 마주 앉았다.

드세요.

놀란 마음이 잘 가라앉지를 않는다. 아마 그녀도 그럴 것이다.

조금 지난 후에 그녀가 가방 안에서 노트를 꺼내 무언가를 금세 적어 탁자 위에 내려놓았다.

잘 지내셨어요?

나는 고개를 끄덕이고 말했다.

네. 좀 여러 가지 일이 있기는 했지만 잘 지내고 있어요.

내 말에 그녀가 무언가를 또 적었다. 이번에는 좀 길게.

병원에서 무슨 일이라도 있으셨던 거예요? 여기에는 환자도 별로 없을 것 같은데요.

나는 그냥 솔직해지기로 했다.

오래 뵜었던 분이 계셨어요. 그러다 약도 끊고 회복되었다는 인사도 받아서 진심으로 기뻤는데 스스로 생을 마감하셨어요. 그런 일이 처음은 아니었지만요.

그녀는 내 말에 순간 먹먹해진 눈동자로 나를 바라봤다.

지금은 정말 괜찮아요.

내 말에 그녀는 다시 노트에 무언가를 적었다.

그런 일이 많나요?

종종 있어요. 솔직히 그런 소식을 들으면 저도 마음이 한없이 가라 앉아요. 내가 혹시라도 놓친 신호가 있을까, 하고 어쩔 수 없는 자 책감이 들기도 해요.

잠시 정적이 흐르고 그녀는 무언가를 또 적었다.

저희 엄마는 좀 어떤가요?

차츰 나아지시고 계세요. 요즘에는 잠도 잘 주무시는 것 같고요. 걱정하지 마세요.

그녀는 긴장이 좀 풀렸는지 커피를 다시 마시고 또 적었다.

어쩐지 교수님은 제게도 궁금하실 게 많으실 것 같아요.

그 글자를 읽자마자 나는 처음으로 작은 소리를 내어 웃었다. 그 사이에 그녀는 조금 변한 것도 같다. 자신은 인식하지 못할 수도 있 겠지만 예전보다는 조금 몇 걸음이라도 걸어온 것 같았다.

아직 말은 안 하시나요?

내 말에 그녀는 이미 준비가 되어있다는 얼굴로 아주 살짝 웃었다. 노트에 적힌 말을 읽는다.

네. 아직이에요. 실은 이 상태가 아직은 편해요.

네. 그런데 어머니는 전혀 모르시나요?

그녀는 종이 한 장을 넘기고 또 대답을 적는다.

그동안도 문자만 가끔 주고받았고 아직 들키지는 않았어요. 걱정은 싫어서요.

그리고 내가 할 뻔한 질문에 대한 답을 바로 노트에 적었다.

목감기가 걸려 말을 하기 어렵다고 거짓말을 했어요,

아아. 그럼 저도 어머니에게는 비밀로 할게요.

내 말에 그녀는 눈동자로 고맙다는 표현을 했다.

그런데 어떻게 내려오셨어요?

또 그녀의 손이 바쁘게 움직였다.

엄마를 본 지도 너무 오래되기도 하고 여기 바다가 갑자기 그리
워져서요.

아. 저도 이 근처 바다를 여러 번 갔었어요. 고즈넉한 바다라서 마
음에 들어요.

그녀는 아주 살짝 웃었다.

사실 가장 궁금한 건 왜 그녀가 자발적으로 그 깊은 침묵의 공간으
로 들어가게 되었는지였지만 어쩐지 물어볼 수가 없다.

약은 아직 드시나요?

그녀의 고개가 그렇다고 한다.

언제 올라가세요?

내일이요.

네.

마침내 그녀는 일어서며 꾸벅 인사를 했다.

아쉬움을 최대한 감추며 나는 말했다.

이미 보셨는지 몰라도 현관 유리창에 제 번호가 있어요.

현관문을 나가는 그녀가 부담스러울까 봐 굳이 배웅은 하지 않았다. 그런데 잠시 후에 창밖에서 그녀기 창을 살짝 두드리는 소리가 들렸다. 그 소리에 내가 가자 글자가 적힌 노트를 보여주었다.

괜찮으시면 이메일 주소를 여쭤봐도 될까요?

나는 문을 열고 그녀가 내민 노트에 내 이메일 주소를 빠르게 적었다. 그녀는 고맙다는 표정을 잠시 전하고 뒤도 돌아보지 않고 떠났다. 그 뒷모습이 어머니와 똑같이 닮아있다. 게다가 나도 모르는 사이에 탁자 위에 오만 원이 올려져 있었다. 그것 역시 그녀의 어머니와 너무 닮아서 어쩐지 애처롭다.


Z가 가고 난 후에 나는 한동안 그저 멍했다. 그녀의 어머니에게 둘째 딸의 기본적인 정보 말고는 자발적으로 말을 하지 않는다는 이야기를 들었다면 어쩌면 Z일지도 모른다는 추측이라도 해봤겠지만 내 상상 밖의 일이었다.

그런데 내 이메일을 물어봤다는 건 무슨 의미일까. 메일을 보낼 필요가 없는 사람에게는 그런 건 물어보지 않는다. 그녀는 내게 메일로 무슨 이야기를 들려줄 건가. 이제 내가 할 수 있는 건 기다림이 전부이다. 기다리는 것은 어렵지 않다. 아무리 기다려도 오지 않을 것들에 비해서는.

　내게 일이 하나 주어졌다. Z의 메일을 기다리는 것. 그리고 그 메일이 영원히 오지 않을 수도 있는 불안을 가지게 된 것. 또 메일이 오길 바라는 마음을 차분히 다스리는 것. 그건 내게 거대한 일이기도 하다.

# 16

## 그녀의 이야기

선생님. 저예요. 무슨 이야기부터 먼저 해야 할지는 잘 모르겠지만 두서없는 이야기라도 제대로 들어주실 것이라 믿으며 용기를 내봅니다. 저도 선생님도 놀랐던 그 순간을 그 후로도 매일 생각해요. 그저 신기하다고만 치부하기에는 정말 묘한 일이었어요. 오랜만에 바다에 갔어요. 저는 고향 집에 살 때 그 바다에 부모님 몰래 참 많이 갔었어요. 혼자 있고 싶었거든요. 집은 늘 불편했어요. 이미 알고 계셨을지도 모르겠지만 저는 쌍둥이고 둘째로 태어났어요. 언니는 저보다 훨씬 예뻐요. 그래서일까요? 부모님은 언니를 더 사랑하신 것 같아요. 기억이 선명해요. 예전 사진에는 똑같은 옷을 입고 있었지만 열 살이 되기 전부터 우리는 옷부터 달라졌어요. 처음에는 어린 마음에 속상하기도 했지만 받아들였어요. 달리 방법도 없고 저는 딱히 옷에 대한 욕심도 없었어요. 그래도 언니가 새 옷을 입고 제 앞에서 한 바퀴를 돌며 웃을 때마다 밉기는 했어요. 그렇게 중학생이 되자 언니는 또 집안을 발칵 뒤집으며 자신만의 방을 가지고 싶다고 했어요. 하지만 집안은 넉넉하지 못했고 더는 방이 없었어요. 저는 속으로 생각했어요. 나도 실은 나만의 방을 가지고 싶다고. 교과서를 펼칠 때마다 늘 은근히 방해하고 잔소리를 하던 언니는 제가 공부를 열심히 하는 것도 싫어했어요. 저는 공부하는 것을 좋아했어요. 누군가를 이겨보려거나 좋은 성적을 받아서 부모님에게 칭찬받고 싶다거나 성적이 바닥인 언니에게 우월감을 가져본 적은 진심으로 전혀 없었어요. 그저 집중할 수 있는 유일한 것이 공부였어요. 한 번은 전교에서 일 등을 한 성적표를 들고 엄마에게 갔어요. 엄마는 잠시 보더니 그 성적표를 언니가 보지 못하게 숨기라며 작고 단호하게 말했어요. 그런 반응까지 생각하지는 못했는데 솔직히 너무 놀라고 화가 났어요. 그래서 저는 그 성적표와 가위를 가지고 바닷가에 가서 잘게 잘라 주먹에 쥐고 있다가 근처 쓰레기통에 버렸어요. 그리고 다시 바닷가로 돌아와 주저앉아 울었어요. 화가 난 감정은 점점 커지기 시작하더니 분노의 덩어리가 되어버리고 말았어요. 그 분노 속에 들어있던 수치심까지 커지자 저는 바다로 조금씩 들어갔어요. 낡은 운동화를 신은 채로. 바닷물은 너무 추웠지만 내 마음은 더 추우니 무슨 상관이야, 라며 독기가 가득 차 더 물속으로 들어갔는데 어느 순간 갑자기 수심이 깊어지고 저는 허우적대기 시작했어요. 심한 두려움이 몰려왔지만 이제 더는 제게 선택권이 없다는 걸 알고 있었어요. 입과 코에 물이 쉴새 없이 들어오고 정신이 없어지기 시작했고 빨리 그 과정을 겪고 지상에서, 이 집에서, 이 차별에서 영영 사라지고 싶었어요. 저는 그 심해 속에서 생의 마지막을 보려고 온 힘을 다해 눈을 뜨고 검은 어둠을 봤어요. 그리고 눈을 감았어요. 그리고.

저는 어떻게 된 일인지 바닷가에서 마신 물을 게워내고 있었어요. 바다조차도 저를 거부한 건지 모르겠지만 저는 다시 생으로 운반되어 있었어요. 간신히 숨을 몰아쉬며 아직은 더 살아내라는 것인지, 그저 우연히 힘이 강한 파도에 다시 돌아온 건지, 너를 받아줄 곳은 어디에도 없다, 라는 건지 몸과 정신이 하나가 되어 혼미했어요. 그러다 문득 신고 있던 운동화를 바다에서 잃어버린 걸 알고 근처를 살폈지만 어둑해진 바닷가에서는 아무것도 발견할 수 없었어요. 저는 결국 맨발로 집으로 걸어갔어요. 아무 일도 없는 듯한 고요한 집 안에서 저를 기다리는 사람은 아무도 없었어요. 소리를 내지 않으려 조심하면서 다 젖은 옷들을 뭉쳐서 창고 구석에 숨기고 방으로 들어가면서도 마음이 조마조마했어요. 다행히 언니는 자고 있었고 저는 얼른 옷을 갈아입고 누웠어요. 그리고 고민했어요. 창고의 옷은 어떻게 할까, 잃어버린 운동화는 어떡하지, 그리고 내일 학교에는 무슨 신발을 신고 가지?

차가운 바다에 오래 있어서 감기 기운이 몰려왔지만 간신히 참고 새벽에 일어나 조심히 신발장을 뒤졌어요. 다행히 노란색 바탕에 빨간 줄의 날렵한 표식이 있는 언니의 나이키 운동화 아래 깔려 납작해진 신발 하나를 간신히 찾아냈어요. 잃어버린 운동화보다도 더 낡았지만 제게는 그것마저도 다행이었어요. 아마 이 글을 읽으며 선생님은 왜 새 운동화를 하나 사달라고 하지 않은 제가 답답하실 거예요. 하지만 그 집에 살았던 저는 저의 성적표를 찢어버리던 순간 그나마 남아있던 것들까지 버린 것 같아요. 여기에서는 어떤 것도 바랄 수 없다는 결론은 확고했고 그건 그날의 일 뿐만이 아니니 딱히 어려울 것도 없었어요. 그날은 수업에 집중하기가 어려웠지만 그래도 학교의 일과가 끝나자 저는 다시 바다로 갔어요. 혹시라도 운동화가 파도에 쓸려 바닷가에 밀려와 있을까 싶어서요. 당연히 운동화는 없었어요. 그렇게 바라지도 않던 단 한 번의 기적은 저를 세상으로 다시 던지고 사라졌어요.

집으로 돌아와 방에 들어가자 언니가 말했어요.

너 학교에서 소문이 났더라. 더러운 운동화를 신고 갔다며? 내가 정말 창피해서 정말 죽을 뻔했네.

저는 그 말에 아무런 반응도 하지 않고 가방에서 교과서를 꺼내 펼쳤어요. 그러자 언니가 뒤에서 제 머리를 세게 치며 소리를 질러대기 시작했어요.

너, 나를 지금 무시하는 거야? 그렇게 열심히 공부해도 소용없어. 집이 더럽게 가난한데 다 소용없다고!

저는 고개를 돌려 단호하게 말했어요. 아마 처음이었을 거예요.

그러면 너는 나중에 무얼 해서 먹고살 건데? 성적도 바닥이면서.

그러자 언니는 얼굴이 새빨개져서 흥분하기 시작했어요.

야! 너! 지금 나한테 너라고 했지? 미친 거 아니야? 이 미친년이 나를 건드려? 너는 앞으로 죽었어!

나는 차분한 목소리로 말했어요.

불쌍하다. 아무리 비싼 운동화를 신으면 뭐 해. 마음이 허접한데.

그러자 언니는 제게 달려들어 마구 때리기 시작했어요. 저는 한참은 그렇게 맞고 있다가 더는 참을 수가 없어 언니를 밀쳤어요. 언니는 잠시 멍하니 있더니 갑자기 제 책상 위에 있던 연필을 깎는 칼을 팔등에 긋고 방을 나갔어요. 그리고 소리를 지르며 울기 시작했어요. 그 소리에 안방에서 나온 부모님은 언니의 팔에 그어진 상처를 보고 난리가 났어요.

도대체 무슨 일이야?

언니는 완벽한 연기자가 되어버렸어요.

나한테 너라고 하고 공부도 못하는 멍청이라고 놀려대면서 나를 무시했어요! 그리고는 칼로 나를 위협하다가 내 팔등을 그었어요!

그 순간 방문 가에 멍하니 서 있던 내게 아버지가 빠르게 달려오더니 뺨을 여러 번 때렸어요. 그리고 온갖 욕설을 하면서도 거의 피도 흐르지 않는 언니의 팔등을 거실 어딘가에 있던 천으로 감싸주며 안아줬어요. 엄마는 넋이 나간 듯 그저 바라만 보고 있었고요. 그리고 가라앉은 목소리로 내게 사과하라고 했어요. 제가 반말을 한 것도 사실이고 언니를 무시한 것도 사실이에요. 하지만 언니의 팔등을 그은 적도 없고 이 모든 상황을 믿을 수가 없었어요. 볼은 벌겋게 부어오르기 시작했지만 그런 욱신거리는 느낌보다 너무 당황해서 아무것도, 아무 말도 할 수 없었어요. 저의 사과가 없자 가족들은 다들 고개를 절레절레 흔들며 언니 주변에서 언니를 보살폈어요. 저는 사과를 할 수 없었어요. 그런 거짓말에는. 그날 부모님은 언니를 데리고 안방에서 잤는데 저는 우습게도 혼자 있는 방이 더없이 편했어요. 밤새 심장은 빠른 속도로 뛰고 잠은 전혀 잘 수도 없었지만 그래도 아무도 없는 잔잔한 섬을 상상하며 언젠가는 꼭 그런 곳에서 혼자 지낼 거라고 마음을 잡았어요. 그런 상상마저도 할 수 없다면 너무 비참해지니까요. 언니가 유별난 건 당연히 알고 있었지만 그런 거짓말까지 태연하게 할 줄은 몰랐어요. 그날 이후 언니는 이유 없이 저를 싫어한다는 것을 뼈저리게 깨달았고 그건 부모님도 마찬가지였어요. 당장 집을 나갈 수도 없기에 막연히 성인이 되려면 몇 년이 더 지나야 할까, 라는 생각을 하며 복잡한 밤을 보냈어요.

저의 넋두리만 늘어놓았어요. 죄송해요. 선생님. 답장 안 하셔도 돼요. 저는 정말 괜찮아요. 조금 피곤해서 우선 오늘은 여기까지만 말씀드릴게요.


나는 Z의 메일을 여러 번 읽었다. 전혀 두서가 없지 않다. 너무 차분하고 명확하고 또 담담하게 자신의 이야기를 전했다. 너무 생생해서 현재의 일 같이 느껴졌다. 나의 영혼은 그녀의 영혼을 반겼다. 상황이 완전히 똑같지는 않았지만 어린 시절에 겪었던 감정들은 놀라울 정도로 닮아있었다. Z의 어머니가 미처 몰랐던 것들이 쌍둥이 방에서 발현되었고 그저 어린 자매들의 다툼이라고 보기에는 악의적인 냄새가 다분했다. 바다로 들어가던 그 어린 소녀의 처절한 마음과 운동화를 찾으려다 무너지고 말았던 좌절이 눈에 그려지듯이 절절하게 느껴졌다. 아팠다. 나는 그녀의 어머니에게 반감이 생기려는 마음을 꾹 눌렀다. Z의 이야기가 거짓말이 아니라고 믿듯이 그녀의 어머니도 내게 거짓말들을 한 것은 아닐 것이다. 어두운 삼각지대에서 벌어진 일에 그저 눈을 감고 있기로 했던 건 살아감에 대한 버거움이라는 것도 이해한다. 그래도 아무리 남편과 첫 딸의 기세가 대단해도 다른 딸에게까지 상처를 주고 있다는 것을 외면해 버린 것은 사실이다. 작은 퍼즐들이 조금씩이나마 맞춰지고 있다. 지금은 M을 직접 본 것이 다행이라는 생각이 든다. 어린아이들도 종종 거짓말을 만든다. 그 이유는 자기보다 강한 존재가 주는 힐난이 두려움 때문이다. 결국은 그런 거짓말들은 부모에게 들키고 만다. 논리적이지 않고 표정에 어떻게든 드러나니까. 아니면 학교에서 알려주기도 하니까. 하지만 M이 한 거짓말과 행동은 어린아이다운 것이 아니다. 훨씬 더 교묘하고 즉흥적이지만 강도가 심하고 계산적이었다. 그리고 그녀 부모님의 동조가 그녀의 나쁜 버릇에 물을 준 것이나 다름없었다. 뿌리는 썩어가는데 식물의 잎만 보며 과도한 영양제를 공급하고 모양이 삐뚤어져도 그걸 개성으로 수용하고, 또 다른 식물에게는 따뜻한 눈길 한 번 제대로 주지 않는 풍경이 자연스레 떠올랐다. 나는 진심으로 Z가 놀랍다. 진료실에서 만난 건 세 번이 전부였고 정말 우연히도 다시 만나게 되었지만 나라면 나쁜 길로 빠지거나 다시 바다든 어디로든 사라져 버렸을 것 같았다. 아직 그녀가 택한 침묵의 진짜 연유에 대해서는 알지 못하지만 나는 다시 그 침묵의 근원을 알 것 같다. 그녀의 침묵은 잘못을 수용하고 인지하는 침묵이 아니라 자신이 전하는 진실은 무력하다는 것을 너무 일찍 깨달아 버린 것에서 이미 시작되었는지도 모른다. 아니라고, 저것이 거짓말이라고 말하기도 전에 믿지 못하는 사나운 손길이 뺨에 닿았을 때, 어떤 여과도 거치지 않은 거짓말이 진실이 되었을 때, 자신의 모든 것이 부정되는 순간을 목격했을 때, 정말 울부짖고 싶은 건 자신인데 완벽한 가해자의 신세가 되어버렸을 때, 실은 어떤 상상으로도 이 장면을 지울 수 없다고 영혼이 내려앉는 것을 느낄 때, 무기력함을 데리고 무엇을 해야 할지 모를 때, 무시 받은 것들의 비참함이 사적인 비극이 되고 마는 과정을 멈출 수 없을 때, 마음을 졸이며 자신을 세상에서 숨기기에 급급할 때, 행복이라는 단어 같은 건 내 것이 아닌 특별한 누군가에게 주어진 것이라는 서글픔을 느껴도 바로 무덤덤해야만 할 때, 같은 하나의 방에서 다른 생을 누리고 있는 그 불편함이 시간이 아무리 지나도 여전하기만 할 때, 영영 여기서 벗어날 수 없을 것 같아 끝도 없이 막막

할 때, 불같은 열기를 이미 품은 자신의 볼을 가여워하지 않기로 노력할 때, 더는 일등을 하는 것도 무서워질 때, 그 일등이라는 1, 이라는 숫자가 혼자라는 것의 표식 같아 말도 안 되는 후회에 휩싸일 때, 그래도 할 수 있는 건 교과서를 펼치는 것밖에는 없을 때, 그나마 남은 낡은 운동화를 소중히 여기며 뾰죽한 자갈길에서 조심히 걸을 때, 집으로, 방으로 들어갈 때마다 이방인이 된 것 같아 움츠려지기만 할 때, 한없이 늘어지는 걸음이 다시 바다로 가고 싶어도 또 다시 운동화를 찾아볼 것 같은 분명한 마음을 억누르고 지옥을 향해 걸을 때. 그 표현할 수 없는 마음들을. 노력 하나 없이도 그려지는 그 풍경들에 나는 그녀의 침묵을 이해했다.

또 떨어진다. 왜 나는 또 이곳에 와있는 걸까. 이상한 중력이 나를 당기고 있다. 누가 앞에서 나를 잡아끌고 뒤에서는 나를 밀 듯이 또 절벽으로 향한다. 거울에 비친 자신을 보듯 일그러지고 거부하는 나의 표정을 본다. 오늘은 소녀도 보이지 않는다. 집에서 책을 읽고 있는지도 모르겠다. 책에 빠져 그저 평온하게 책장을 넘기고 있을까. 나는 곧 첫 번째 낙하를 당한다. 이 기묘한 현상에 의미가 있다면 그건 무엇일까. 하지만 생각도 할 수 없다. 그저 그 낙하의 충격을 고스란히 느낄 뿐이다. 이 험난하고 자의적이지 않은 놀이기구는 내 무엇을 더 할퀴고 알려주려고 이러는 것일까. 말이 아닌 상황으로 내가 추락한 인간임을 주장하고 설파하는 것일까. 세상의 잔인함을 잊지 말라고 친절하게 경고하는 것일까. 내가 더 인지해야 하는 것들이 남아있는 것일까. 그렇다면 무얼 더 인지하라는 것일까. 지금보다 더 긴장을 하라는 조언일까. 높이가 만든 비례한 마찰이 온몸을 찢어대고 고막이 터질 것 같고 마음은 어디 있는지도 모르겠다. 물속에서 나오며 아무리 꿈이지만 이상한 사실을 발견했다. 내가 떨어질 때 아마도 큰 소리가 들리고 커다란 물이 튀었을 텐데 아무도 신경 쓰지 않는다는 것이다. 그건 그저 그곳의 사람들이 어떤 사람들인가를 떠나서 어쩌면 나는 그곳에서 유령 같은 존재일지도 모른다는 것이었다. 물속으로 빨려 들어갈 때보다 더 두려운 마음이 들었다. 그건 혼자 있는 자유로움과도, 누군가는 힐끗거리기라도 해야 할 수치스러움도 없는 완전한 적막, 이었다. 나는 그런 적막 속에서, 나의 존재조차도 전혀 모르는 타인들 속에서 혼자 낙하를 하고 있었던 것이었다. 그리고 다시 순간이동을 하듯이 절벽 위로 올라와 중력에 지고 또 지는 것을 반복한다. 그러다 나는 다시 중력에 이끌리는 도중에 간신히 절벽 근처에 있던 바위를 손톱이 깨질 정도로 붙들었다. 바위의 느낌은 이상할 정도로 생생했다. 나는 절벽으로 가려는 내 다리들이 더 이상 버티기 힘들 때 남은 모든 힘을 머리로 모아 바위를 향해 내 의지로 낙하했다.

# 17

## 험악한 소유와 기척의 진행

메일 잘 받았어요. 우선 신심으로 고맙다는 말씀부터 전해요. 털어놓기 어려운 이야기들을 제게 말씀해주셔서. 그저 어떤 말도 형식적으로 느껴질까 싶어 답이 짧은 것을 이해해주시길 바라요. 괜찮으시다면 조금 더 이야기를 해주시기를 기다릴게요.

나는 그전에 길게 썼던 글자들을 다 지우고 이렇게 메일 보내기, 버튼을 눌렀다. 그녀의 이야기에 비해서는 성의가 없이 느껴질지 몰라도 그것만이 압축된 진심이었으니 그저 보냈다. 그리고 다음 날 그녀가 내 메일을 확인했다는 것만 알았다.

며칠이 지나 Z의 어머니가 왔다.

안녕하세요. 선생님.

네. 어쩐지 오랜만에 뵙는 것 같네요. 잘 지내셨어요?

딱 일주일만인데요.

그 일주일 동안 이제 막 시작한 그녀의 딸, Z와 소통하느라 시간의 감각이 무뎌졌나 보다.

저기. 저번에 문 앞에 놓고 간 음식들은요.

둘째 딸이 놓고 갔다고 말하려는 거였겠지만 그러다 그냥 말을 멈췄다. 나와 Z의 만남은 전혀 모르는 것 같아서 나도 넘기고 바로 말했다.

아. 감사드려요. 잘 먹고 있어요. 현관 앞에 놓여 있어 잘 가지고 왔어요.

맛있게 드셔주시면 그걸로 저는 기뻐요,

이렇게 정이 많고 따뜻한 사람이 왜 자신의 딸은 그토록 쓸쓸하게 했을까. 마음이 또 복잡해지려고 한다. 다행히 그녀와의 만남은 그녀의 바쁜 일정으로 빨리 끝났다. 나는 처음으로 그녀의 뒷모습을 보지 않았다는 걸 나중에 깨달았다. 내 혼란을 들키지 않아서 다행이었다.


선생님, 이야기 들어주셔서 감사드리는 마음 먼저 전해요. 어떤 대가도 지불하지도 못하는데 이렇게 제 이야기를 해도 될지 모르겠지만 은혜를 갚는 방법은 조금 미뤄두고 이야기할게요. 저도 실은 제 이야기를 하고 싶었나, 하는 생각에 마음이 복잡하기도 해요.

그 일 이후로 저와 가족들의 사이는 날로 냉기가 짙어졌어요. 언니는 저와 방에 있을 때면 일부러 시선을 제 책상 위에 있는 칼로 자주 향했고 그건 마치 강력한 무기 하나를 얻은 사람의 눈빛 같아서 무서웠어요. 어차피 그 연필 깎는 용도의 칼로는 죽지도 못하겠지만요. 사실 말하고 싶었어요. 그런 거짓말을 하면 속이 시원해? 어디까지 나를 몰아야 속이 시원하겠어? 무섭지도 않아? 그런 자신이? 언니는 예쁘고 비싼 옷들과 운동화들도 가지고 있는데 뭐가 그렇게 불만이야? 외동딸이었다면 이러지 않았을까? 아무도 모르지만 나는 얼마 전에 정말로 죽으려고 했어. 그러면 언니는 진짜 외동딸이 될 수도 있었는데. 하지만 그저 입술을 꾹 닫았어요. 말을 해도 어떤 것도 달라지지 않을 테니까요. 저는 그 칼을 버리지 않았어요. 그건 진짜 범인이나 하는 일이니까. 그리고 자주 짧아지는 연필들의 심지를 살려내야 했으니까요.

 그러던 어느 날, 점심시간이 거의 끝나갈 무렵에 같은 반 아이가 와서 제게 말했어요.

 운동장 뒤쪽으로 좀 가 봐. 네 언니가 무슨 싸움에 휘말려 싸우고 있는 것 같아.

 저는 바로 달려 나갔어요. 언니는 아이들에 둘러싸여 있었어요. 무슨 일인지는 모르겠지만 가까이 다가가자 아이들의 소리가 들렸어요.

 양다리를 걸쳤단 말이지? 다 들통났어. 얼굴 좀 반반하다 이거지? 그래봤자 넌 가난한 집 딸이잖아? 그래도 네 동생은 공부라도 잘하던데 너는 뭐냐?

 나는 아이들을 단숨에 헤집고 들어가 하얗게 질려 바닥에 주저앉은 언니를 감싸고 소리를 질렀어요.

 그만해! 제발 그만해!

마침 오후 수업의 시작을 알리는 종소리에 아이들은 슬슬 무리를 지어 다시 교실로 돌아갔어요.

괜찮아? 무슨 일이야?

그러자 멍하기만 했던 언니가 내 손을 완강히 뿌리치며 소리를 질렀어요.

지금 날 동정하는 거야? 네 주제에?

나는 동생이잖아? 그래도 우리는 가족이잖아?

웃기고 있네. 어디로 가든지 사라져버려!

저는 그들이 아닌데 언니의 분노는 다시 저에게 향했어요. 그러더니 일어나 가버렸어요.

저는 언니가 가도 그 자리에서 움직일 수 없었어요. 몇 번이나 겪었지만, 내가 다시 타인보다도 먼 존재라는 진하고 시뻘건 도장을 또 하나 받은 것 같아서요. 저는 처음으로 수업을 빼먹고 학교 밖으로 나왔어요. 딱히 갈 곳도 없었지만 교실에 도저히 들어갈 수가 없었어요. 언니에 대한 각별한 애정 같은 감정은 이미 제게도 없었어요. 괜찮아, 라고 묻는 건 생각이 아니잖아요. 괜찮기를 바라는 마음이 바로 튀어나오는 감정이잖아요. 생각을 거칠 필요도 없는 것들이 진짜 마음이라고 당연히 느끼던 저의 감정이 어디가 잘못인지 알 수 없었어요. 아니. 이미 알고 있었던 것 같아요. 어떤 이유가 있든 없든 그저 싫은 사람이 될 수도 있다는 것을. 바다로 가기는 싫었지만 갈 곳이 없었어요. 그래서 결국 바다에 가서 수업 시간이 끝날 정도까지 있다가 집으로 왔어요. 학교에서 있었던 일은 마치 거짓말이었던 것처럼 언니는 부모님과 저녁을 먹고 있었어요. 아빠는 제게 눈길조차 주지 않았고 엄마는 저를 보고 슬쩍 일어나려다 다시 앉았어요. 한 달에 한 번 정도 고기를 먹는 날이 있었는데 그날이었는지 집안에서는 맛있는 냄새가 진동했어요. 먹고 싶다는 본능마저도 이겨버린 건 쓸쓸함이었어요. 저는 방으로 들어와 책상 앞에 앉았어요. 잠시 후에 고기 냄새를 풍기며 방으로 들어온 언니의 냄새에 갑자기 속이 안 좋아 저는 창을 활짝 열었어요.

고기 못 먹었다고 지금 시위하는 거야? 모범생? 혼자 고고한 척은.

또 시작이었어요. 어떤 아이들이 언니의 예쁜 얼굴에 반해도 그건 그저 당연한 일이었지만  언니는 마치 나를 괴롭히려고 단단한 서약이라도 한 사람처럼 가만두지를 않았어요. 선생님, 종종 어제 일도 가물거릴 때가 많은데 오래전으로 가면 유독 그 냄새, 말들, 색들이 생생해요. 그건 그저 과거일까요, 아니면 여전히 현재일까요.

# 18

## 침범

툭툭.

잠에서 깨어나 빗소리를 듣는다. 이런 날이면 그저 침대 안에서 잠을 푹 자고 싶지만 그건 마음일 뿐이다. 나는 바쁜 것 없이도 그런 쉼을 가질 수 없다. 일 층으로 내려가 차 한잔을 끓이려는데 현관 창문에 무언가 쓰여있다. 광고지가 아니다. 시뻘건 색으로 유리창에 무언가 쓰여있다. 밖에는 아무도 없었다. 나는 현관을 나서서 그 글자들을 읽었다.


**당신은 절대 아무도 구원할 수 없을 거야.**


그녀다. b. 그 지독한 말은 이제 목소리가 아니라 내 눈동자로 들어왔다. 토씨 하나도 틀리지 않고 그대로. 나는 공포를 자아내는 그림을 관람하듯이 한참을 두려움에 떨며 그 글자를 보다가 다리에 힘이 풀려 주저앉을 뻔하다 화가 나기 시작했다. 예전에 들었던 말과 다른 말이 아니다. 급히 현관 안으로 들어와 손에 잡히는 것 아무거나 들고 다시 나와 그 글자를 지우려고 했다. 하지만 도무지 무얼 사용했는지 지워지질 않았다. 그녀가 어떻게 이곳을 알고 찾아와 몰래 이런 짓을 했는지는 나중 일이었다. 우선은 이 험악하고 비열하고 잔인하고 집착이 가득한 글자들을 어떻게든 지워내야 했다. 나는 차를 급히 몰아 찌든 때를 지우는 액체를 사와 맨손으로 박박 문

질렀다. 글자는 조금씩 힘을 잃어가며 지워졌다. 그러나 글자는 이제 시야에서는 사라졌지만, 그 사이 이미 내 마음속에 박혀버렸다. 더 큰 문제는 그녀가 이 한 번으로 멈출 리가 없다는 것이다. 똑같은 문장을 또 내 눈동자에 넣을 것이다. 내가 있는 곳을 어떻게 알아냈는지는 궁금하지도 않다. 그녀를 멈추는 방법을 전혀 모르겠다. 그녀의 분노의 대상자로 낙찰된 나는 그녀의 알맞은 먹이가 되었다. 적당히 달래서 될 일도 아니고 그럴 마음은 추호도 없다. 도대체 어떻게 해야 할까. 어떻게 해야 그녀의 분노에서 벗어날 수 있을까. 슬픔은 분노를 애타게 방출한다. 어떤 분노는 사람을 한시도 가만히 두지 않는다. 슬픔은 이성을 배반한다. 분노라도 갖지 않으면 생존할 수가 없다. 그러니 분노의 대상을 찾을 수밖에 없다. 혼자 분노하는 것은 그나마 이성적이지만 깊은 무의식 안에서 그것에 편들어줄 누군가가 없다면 공감의 대상보다는 힐책의 누군가를 찾게 된다. 나는 그녀의 분노를 이해한다. 그러면서도 받아줄 수는 없다. 그건 그녀를 이해한다는 것보다는 그 분노를 이해한다는 선에서 멈춰있기 때문이다. 그녀가 공들여 적은 그 문장은 세상에 대한 것이다. 물론 나를 포함한. 자신의 언니를 결국 구해내지 못했다는 죄책감은 수축할 수 없으니 팽창을 해야 하고 그 팽창은 내게로 온 것이다. 자신의 고통만큼 누군가의 고통을 바란다. 자신이 기울어지는 만큼 누군가의 기울어짐도 당연하다고 여기게 된다. 멀쩡하게 지내는 것 같은 것들에게 분노의 신이 되어 벌을 내리는 것이다. 정작 그 벌의 가장 큰 희생자가 자신이라는 것을 알아도 말이다. 아마 그녀는 언니와 헤어진 남자에게도 무슨 짓을 했을 것이다. 누군지는 몰라도 그를 가만두지는 않았을 것이다. 불은 역동적으로 움직이는 기질을 갖고 있다. 한곳에서 조용하게 머무르지만은 않는다. 그게 분노의 속성이다. 누구보다도 그 분노에 오랜 시간 시달렸던 내가 속에서만 타오르는 불덩어리였다면 그녀의 불덩어리는 조금 더 어린 날것의 냄새를 지닌 몸이었다. 누군가에게 타격을 줄 수 있는 머리와 누구에게든 가장 적합한 패닉을 선물할 기지와 날카로운 화살을 언제든지 당길 슬픔을 가지고 있다. 그것을 무엇으로 이기겠는가. 나는 글자를 지웠던 걸 바로 후회하고 있다. 또 쓰여질 것이 분명한 문장을 매일 닦아낼 수는 없다. 그건 그녀의 분노가 원하는 것이다. 그러니 이제 나는 기다리기로 마음을 바꿨다. 그리고 그녀의 말은 사실이기도 하다. 나는 절대, 아무도, 구원할 수 없을 것이다.

나는 그날부터 일 층 소파에서 잠을 자기 시작했다. 반쯤 누운 자세로. 그녀는 분명히 또 올 것이다. 나는 그 글자를 쓰는 그녀와 마주해야 한다. 한 시간마다 알람을 맞춰놓고 진한 캔 커피를 마시며 마치 잠복 중인 형사처럼 그녀를 기다렸다. 차라리 그녀가 빨리 왔으면 좋겠다는 생각마저 들었다.

그 사이에 Z의 메일이 새로 도착했다.

선생님, 메일을 보내며 저의 지난날들을 잊을 수는 없지만 정리되는 느낌이 드는데 한편으론 선생님은 괜찮으실까 싶은 마음이 들어요. 예전에 누군가가 제게 그런 말을 했어요. 우울은 전염된다고. 그러니 그냥 다른 사람들처럼 대충 맞춰가며 살라고. 그게 생의 가장 현명한 인간관계에 대한 비법인 것처럼 이야기하곤 했는데 저는 그 누군가에게 저의 우울증에 대해 단 한 마디도 털어놓은 적이 없어서 당황했어요. 아마 어두웠을 저의 얼굴을 보고 나름 충고를 한 것 같아요. 하지만 그 말은 계속 제가 어떤 표정을 지어야 하는지에 대한 더한 난감함만 던져줬어요. 거울을 보고 억지로 웃는 얼굴을 만들어 보기도 하고 그저 무표정한 보통의 얼굴을 하기도 했는데 별 차이가 없었어요. 어느 정도 무뎌진 얼굴과 무너진 마음들이 거울 속에 있었어요.

언니는 성인이 될 때까지 무언가 조금이라도 거슬리면 제 칼로 팔목을 그었어요. 그리고 부모님에게 가서 저를 모함하는 일에 마치 재미가 들린 듯이 이야기했고, 더 많은 것을 얻어냈어요. 그것도 재능일까요? 정말 엄마는 단 한 번도 언니를 의심하지 않았을까요? 아버지는 언니의 팔목에 소독약과 연고를 조심스레 바르며 정작 그런 일이 있을 때마다 볼이 벌겋게 부풀어 오르는 제 볼에는 단 1%의 감정도 없었을까요? 말을 해도 달라지지 않는 것들이 너무나 많이 존재한다는 것은 제가 이미 터득한 진한 쓸쓸함 같아요. 저 말고도 누구나 그렇겠지만 너무 어린 시절부터 자라난 것이라 만약 그것을 나무, 라고 상상을 하면 저의 나무는 바람에 흔들리면서도 잎사귀는 다 말라버렸을 거예요.

서울에 있는 대학 수시에 합격하고 나서는 기쁘기보다는 학비를 어떻게 해야 할지 고민에 빠졌어요. 집에서는 당연히 무리한 돈이고 부탁할 마음도 전혀 없었어요. 서울에서 월세도 얻어야 했는데 전혀 가진 돈이 없으니 그저 난감하기만 했어요. 그런데 저의 합격을 알고 계시는 선생님 한 분이 저를 부르셨어요.

사정은 대강 알고 있어. 합격한 대학에서 공부하고 싶은 마음은 여전하지?

저는 몇 번이고 고개를 끄덕였어요.

마지막으로 확인하듯 선생님은 물어보셨어요.

집에서는 조금도 도와줄 수 없니?

네.

그럼 너의 성적으로 장학금을 받을 수 있는 방법을 내가 알아볼게. 서울에 집을 얻는 것도 큰돈이니 괜찮다면 중학생과 고등학생을 가르치며 입주 과외를 하며 지내는 건 어떨까. 내 친척 중에 아이들 성적 때문에 골치 아픈 분이 있거든. 참, 그리고 그 아이들은 다 여자

애들이니 크게 걱정할 건 없을 거야.

저는 선택을 하고 말고도 없었어요. 제게 이런 행운이 올 거라는 생각은 한 번도 하지 않아서 그저 감사하고 감사했어요. 집에서는 제가 대학에 수시로 합격한 것도 알리지 않았거든요. 수없이 감사하다고 말하고 나오는데 바로 쏟아지는 눈물이 소나기 같이 떨어졌어요. 그 일은 지금도 잊을 수가 없어요. 선생님은 제가 합격한 대학에서 장학금을 받을 수 있는 허가를 받아주시고 추천서까지 보내주셨어요. 그런 도움을 받아 저는 서울로 올라왔어요. 그렇게 낯선 집에 들어갔어요. 걱정과는 달리 아이들도, 그 부모님들도 저를 참 다정하게 대해주셨어요. 아이들의 성적이 오르자 제게 따로 용돈을 주시기도 하고요. 중간에 휴학도 하고 아르바이트로 돈을 모으기도 하며 결국 대학을 졸업하고 작은 출판사에 입사하게 되면서 그 집을 나왔어요. 그때 그분들은 진짜 가족처럼 저를 안아주며 토닥여주셨어요. 보통의 가정이라는 건 이런 게 아닐까, 하는 마음에 저는 그나마 아주 가끔 연락을 주고받던 엄마에게까지 마음을 비우게 됐어요. 그렇게 점점 더 제 마음은 차가워졌어요. 언니도 집을 나가서 산다는 것도 알고 있었지만 아무 느낌도 없었어요.

저는 지금도 때로 그런 생각을 해요. 어쩌면 저는 어렸을 때 너무 많은 것을 사용한 것 같아요. 제가 버틸 수 있는 참을성, 소용없는 분노들, 눈앞에서 생생하던 거짓말들과 그것들의 반응들에 대한 스스로에 대한 무력함을요. 그렇게 제게 박혀버린 어둠은 도리어 빛을 두려워하는 건지도 모르겠어요. 아니, 빛을 완전하게 마음 놓고 믿고 느끼는 것이 두렵다는 게 더 맞는 감정 같아요. 그래도 저는 지금 나름대로 편하게 지내고 있어요. 또 연락드릴게요.

Z와 나의 닮은 점은 굳이 찾을 필요도 없었다. 살았던 세대만 달랐지 너무나 비슷한 날들을 보냈다. 나는 답을 조금 미루고 잠시 소파에 누웠다. 맴도는 것들이 어지러웠다. 투명하게 닦인 일 층의 유리창을 봐도 마찬가지였을 것이다. 아무 생각 없이 있고 싶었다. 단 몇 분이라도. 아니, 단 몇 초라도. 현실이든 꿈이든 도망칠 곳이 있다면.

# 19

# 나르시시스트와 에고이스트

겉으로 드러나지 않은 나르시시스트들도 당신 주변 어딘가에 있다. 그들의 등급도 여러 가지다. 하지만 그런 성향과 기질은 선천적이기 쉽다. 그들은 따로 배우지 않아도 타인을 조종하고 길들이는 것에 점점 심취하게 되고 자신의 정체가 들키면 일말의 아쉬움 같은 것 없이 다른 누군가를 찾는다. 처음에는 더없이 착한 아군으로 다가와 마음을 빼앗고 나면 시들해진다. 마치 싫증을 잘 내는 아이에게는 늘 새로운 장난감이 필요하듯이 모질게 지난 것들을 뿌리치는 것에 능숙하다. 상대방을 더 궁지에 몰리게 하며 쾌감을 느낀다. 매달릴수록, 안타까워할수록, 관계를 유지하고 싶어서 추종의 애원을 할수록 그들만의 위상은 높아만 간다. 타인의 정신과 마음을 지배하고, 자신이 매력적이라는 것을 눈으로 확인하고, 진심을 홀대하는 것에 익숙해져 있다. 하지만 그런 나르시시스트들에게도 약점은 있다. 자신이 먼저 돌아서야 맞는데 타인이 먼저 알아차리고 떠났을 때다. 그건 그들에게는 굴욕과 실패다. 자신이 무수하게 행했던 행동들은 기억에도 없이 다시 자신에게 굴복하기를 원한다. 방식은 여러 가지다. 끝까지 넘어오지 않으면 이제 그 주변을 공략한다. 그 사람을 은근히 욕하며 자신이 피해자라는 연기를 기가 막히게 해낸다. 그게 먹히면 자신을 떠났던 추종자들에게 간접적으로 어떤 종류의 열악과 의심을 선사하는 것이다. 또 다른 하나는 그들은 기다림을 고통으로 인식한다는 것이다. 난폭하고 잔인한 왕이 자신 앞에서도 무릎을 꿇지 않고 당당히 서 있는 모습은 절대로 허락할 수가 없다. 감히 자신에게 대항하다니 믿을 수도 없다. 자신의 위엄과 아름다움에 흔들리지 않는 건 용납할 수 없다. 그러면 목을 치거나, 억지로라도 무릎을 접게 만들거나, 더 깊은 도발로 유혹해야 한다.

하지만 그와 반대로 에코이스트들이 있다. 그들은 공감 능력이 뛰어나지만 그런 이유 탓에 나르시시스트에게 걸려들기 쉬운 약점도 가지고 있다. 그저 극단적 평화주의자도 아니지만 그래도 타인의 감정을 헤아릴 줄 아는 감정과 명민함을 지나고 있어 처음에는 나르시시스트들에 휘말려도 결국은 스스로 빠져나온다. 화를 내지 않던 차분한 사람이 한 번 돌아서면 정말 끝인 이치와 같다. 그들 역시 타고난 경우가 많다. 웃음 속에서 악의를 분별해내고 자책감이 심하지만 세상을 시끄럽게 들썩이지는 않는 고요한 불길 같다. 그들은 자신의 불을 함부로 전가하지 않고 자신이 안으려고 노력한다. 그들이 그렇다고 폐쇄적인가. 그렇지 않다. 그들이 도망치는 듯이 보이는 건 싸움을 회피해서가 아니라 쓸데없는 싸움을 그저 싫어하기 때문이다. 눅눅하지만 건조하지는 않고, 따뜻한 습기를 함축해놓은 영혼의 공간을 가지고 있다. 딜레마에 늘 시달리고 속으로 자주 앓는 후유증을 겪는다. 마음의 머리가 늘 지끈거리고 머리를 사용하는 것보다 감정을 쓰는 것에 더 집중한다.

그러니 Z가 어떻게 해도 기죽지 않는 모습이 M은 불편하고 불안하고 성에 차지 않았을 것이다. 뺨을 맞아도, 변변한 운동화 하나 없어도, 예쁜 옷이 없어도, 친구가 없어도 의연하고 초연하게 보인다. 그것을 견딜 수 없어 도발하지만 별 반응이 없다. 아니, 어쩐지 무시당하는 느낌을 받는다. 머리를 써야 한다. 또다시 팔등을 긁어야 할까, 라며 스스로 아름다운 나락에 빠지는 것이다. 무슨 짓을 해도 고난이 길러낸 강직을 이길 수는 없다.


선생님. 어디 아프세요?

네? 왜요?

이제는 정말 그녀가 Z의 엄마로만 보인다.

아, 잠을 좀 못 잤어요.

무슨 일이 있으신 건 아니죠?

그럼요. 괜찮아요.

네.

나는 얼른 마음을 잡고 그녀에게 집중한다.

어려우신 일은 없으셨어요?

네. 선생님 덕에 잘 지내고 있어요.

그녀는 약을 챙기고 돌아갔다.

나는 저녁 늦게서야 정신을 차리고 Z에게 메일을 쓰기 시작했다. 그녀가 좋은 이들을 만나 온기를 나누던 이야기까지 들었으니 마음이 놓이긴 했다. 하지만 생은 늘 산을 넘어도 또 다른 산을 마주하기 마련이다. 거의 3년이 다 되어가는 그녀의 자발적인 침묵을 깨뜨릴 마음은 없지만 무슨 계기는 분명히 있을 것이다. 나는 자판 위에서 손가락을 멈칫거리다 그냥 물어보는 것이 낫다고 생각했다. 답은 그녀의 마음이니까.

메일 잘 받았어요. 잘 지내고 계시죠? 제가 드리는 말은 의학적인 분석이 아니니 혹시라도 마음 상하지 않으시길 바라요. 인간을 몇 가지로 구분하고 분류한다는 것도 인간이 하는 일이지만요. 그냥 편히 말할게요. 언니분은 나르시시트 같이 보여요. 잠시지만 직접 만났을 때도 바로 느꼈어요. 모르는 사람들은 그저 가정 안의 일로 치부할 수도 있겠지만 나르시시트들은 거짓말을 한 것에 죄책감을 거의 느끼지 못해요. 그들의 시선은 누구의 관심에만 쏠려 있어요. 그 관심이 없으면 불안하고 화가 나고 자신을 증명할 방법이 없거든요. 그리고 자신보다 우위에 있다고 느끼면 공격해요. 언니분은 아마 동생이 성적이 좋은 것도 실은 견딜 수 없이 부러워했을 거예요. 그건 노력의 이야기가 아니에요. 누구나 잘하는 부분이 있고 노력만으로도 되지 않는 일도 많다는 건 다들 아는 허름한 상식 같은 거니까요. 왜 그런 거짓말을 하며 자해 소동을 벌였을까요? 당신이 도발한 말에 흥분해서요? 아니요. 질투가 나서 그런 거예요. 어떤 인간들은 비슷해 보여도 성분이 달라요. 그리고 시기의 성분이 더 유별나게 많으면 어쩔 수 없이 행동으로 표출될 수밖에 없어요. 그게 그들에게는 숨, 같은 것이니까요. 그걸 논리적으로 이해하기는 어려워요. 억지로 이해한다고 해도 그들은 대부분 변하지 않아요. 때로는 포기도 답이 될 수 있어요. 제 말이 좀 잔인하게 들리실 줄 알지만 그래도 가족과 따로 지내시는 게 옳아요. 저는 이것만은 말씀드리고 싶어요. 너무 고생하셨어요. 너무 잘 버티셨어요. 그리고 내키시지 않으면 답을 안 하셔도 괜찮아요. 그래도 물어보고 싶어요. 3년 전에 말을 하지 않기로 한 계기가 무언가요?

나는 메일을 한 번 더 읽고 전송을 해버렸다. 그리고 기다란 숨을 한참 내쉬었다. 창밖을 바라봤다. 예전과는 다르게 긴장감이 생겼지만 어쩔 수 없다. 이런 긴장감은 나만이 아닌 누구라도 싫어하는 것이겠지만. 마치 입으로 털어놓으면 그만인 항불안제 알약이 실은 소화제였다는 진실을 알고 있으면서도 삼켜버리고 마는 마음과 다르지 않다.

b가 내게 전가하고 싶은 그 불안은 나쁜 것을 배제하고 말하자면 나는 내내 이랬어, 라는 마음을 직접 전달한 것이다. 결국은 이해

받고 싶다는 것이다. 하지만 일은 이미 발생했고 돌릴 수도 없으니 이제 이해도 필요 없는 나락으로 떨어지고 만다. 자신이면서도 자신이 아닌 것만 같은 일들을 저지르고, 난데없이 소리를 치고, 어느 날은 멍하니 영화 속 화면을 보듯 사람들을 본다. 그들은 슬픈 결말을 절대 마주하지 않을 것 같다. 더없이 건강하고 자유로워 보인다. 같은 세상 안에 처절한 지옥도 존재한다는 것도 모른 채로 웃고 있다. 그러니 자신이 가진 지옥은 더 황량해지고 툭 튀어나온 못처럼 비관적이고 유별나고 누군가가 알아차릴까 노심초사하게 된다. 그런 자신을 좋아하는 인간은 없을 것이다. 하지만 한 번 시작된 절망은 파괴적인 무언가를 원한다. 타인이 필요하고 그 타인에게 죄를 뒤집어씌워야 숨이라도 조금 쉴 것 같은 증세가 나타난다. 그것이 옳든 그르든 상관없다. 나는 b의 죄책감을 나눠 가져야 하는 인간이 되어있었다. 나 혼자 서 있는 링 안에서 누구 뒤에 숨을 수도 없게 되었다.

# 20

## 침범 2

이틀이 지난 날이었다.

창문에는 또 그 문장이 새겨져 있었다.


**당신은 절대 아무도 구원할 수 없을 거야.**


밤사이었는지 이른 새벽이었는지는 몰라도 또 그녀가 왔었다. 다시 올 줄은 예상했다. 하지만 또 충격이기는 했다. 그 글자들은 똑같이 시뻘건 색으로 나를 노려보고 있다. 눈물도 말라버린 충혈된 눈동자처럼 나를 집어삼키고 싶어 어쩔 줄 모르는 분노의 욕망을 본다. 그 분노의 속내는 사과를 바라는 것이 아니다. 딱딱한 고형의 몸을 가지고 자신을 내던지는 것이다. 그 딱딱함은 무게보다 닿는 감촉에 더 깊이 관여한다. 나는 부풀어 있어 충격을 완화 시켜줄 장비도 없다. 온몸과 영혼으로 그 타격을 생생하게 느낄 수밖에 없는 처지다. 하지만 b는 나의 분노를 열망시키고 있다. 불면에서 더한 불면이 시작되고 있었다. 잠으로도 도피할 수 없는 날들은 앞으로 얼마나 더 계속될지 알 수 없다. 잠시 꾸벅거리는 졸음도 잠으로 가기 위한 것이 아닌 신체적인 피로로 인한 멍함일 뿐이다.


깨어나세요!

제발 깨어나세요!

뭐라고?

그러다 알았다. 맑고 청아하면서도 간절한 목소리로 소녀는 책을 소리 내어 읽고 있었다. 마치 대본을 외우는 여배우처럼 완전히 집중해 있다. 그녀를 방해하기 싫어 나는 그 자리를 벗어나기 위해 쓸데없이 노력한다. 어차피 추락할 것이 분명한데도.

완전히 잠에 갇힌 상태도 아니었는데 꿈속이다. 나는 이미 지난 꿈에서 바위에 머리를 던지지 않았나. 그런데 또 지겨운 절벽이 가까이 있다. 나는 또 빠지겠지. 또 낙하하고 절망을 느끼겠지. 또 떨어지는 동안 생을 증오하고 말겠지. 서서히 중력이 나를 또 이끈다. 나는 미리 눈을 감아버렸다. 그나마 그편이 속도의 아찔하고 잔인함을 몇만분의 일이라도 줄여 줄 거라고 믿으며.


선생님, 이게 다 뭐예요?

Z의 어머니가 현관 밖에서 얼굴이 하얗게 질려 있다.

놀라셨죠? 우선 들어오세요.

소파에 앉으면서도 그녀는 현관 창가의 글자에서 눈을 떼지 못하고 있다.

아무 일도 아니라고 말하기도 어렵고 다 털어놓기도 난감한 상황이다. 그래서 중간 지점에서 사실에 근거해 짧게 상황을 말했다.

세상에. 너무 무섭네요. 그런데 왜 지우시지 않으세요?

어차피 또 쓰여질 거예요. 놀라게 해드려서 죄송해요.

아니요. 놀라기는 했지만 무서운 사람이네요.

네.

나는 슬쩍 웃으며 고개를 끄덕였다.

요즘은 따님들과 어떠세요?

나는 화제를 좀 바꾸기로 했다.

비슷해요.

그런 사진은 여전히 보내나요?

아, 며칠 전에 사진은 아니고 문자가 하나 왔어요.

첫째 따님에게서요?

네.

어떤?

돈이 필요하다고요.

그래서요?

요즘 경기가 좋지 않아 우선은 며칠만 기다려달라고 했어요.

네. 그런데 보내는 돈 중에 대부분은 둘째 따님에게 받는 걸로 충당하신다고 하셨잖아요.

네. 그렇죠.

첫째 따님은 그 사실을 전혀 모르고 있나요?

잘은 모르겠어요. 솔직히. 알고 있는지 모르는지도.

그럼 그 돈이 둘째에게서 나온 것이라는 알면 어떨 것 같으세요?

모르겠어요. 아마 당연히 화를 내겠지만. 그러다 또 자해를 할 거예요.

점점 더 화가 치밀어 올랐다.

그냥 말하세요. 진실을.

네?

더는 그런 짓은 그만하라고 단호하게 말씀하실 필요가 있어요. 그동안 지원해준 돈도 동생에게서 온 거라고도 말씀하세요. 이건 그저 돈에 대한 이야기만이 아니에요.

내 말에 그녀는 복잡한 얼굴로 물었다.

왜요? 그러다 아이가 정말 잘못되기라도 하면 어떡해요?

어머님이 돈을 주고 감정들을 받아주기만 하면 그걸로 생활은 유지되겠지만 그걸 언제까지 감당하실 거예요? 첫째 따님에게도 독립성이 필요해요.

그 아이는 원래 약해요. 제가 아니면 그 애를 받아줄 사람이 없어요.

아니요. 부모 자식의 관계라도 선이 있어야 해요. 원래 약한 인간도, 강한 인간도 없어요.

자식을 챙기는 게 잘못된 일인가요?

그럼 아버님은요? 그렇게 첫째 따님을 위하셨다면서요.

나는 그녀의 말을 자르고 말했다. 위험하다는 걸 알면서도.

내 말에 그녀는 당연히 질색하는 얼굴이 되었다.

의사는 약점을 공격하는 권리라도 있나요? 그 인간은 예뻐해 줄만 알지 아무것도 할 수 있는 게 없어요. 어떻게 그런 말씀을 하실 수 있어요? 선생님은 자식이 없어서 그런 말도 할 수 있나요?

나는 그 순간 그녀와의 쌓았던 신뢰감들이 무너지는 소리를 들었다. 서로가 갖지 못한 것들을 표면으로 끌어내 시소에 올리기 시작했다.

저는 가족도 자식도 없어서 다 이해할 수 없는지도 몰라요. 마음을 상하게 해드린 건 유감이지만 말씀드려야 할 것 같았어요.

벌건 얼굴이 되어 현관문을 나서는 그녀에게 더는 어떤 감정도 들지 않았다. 그저 끝, 이라는 것밖에는.

나는 자식은커녕 부모도 없다. 그녀의 말에 상처도 입지 않을 만큼 그런 부분에 대해서는 거의 무관하다. 가져본 적이 없으니 모른다. 하지만 모든 인간이 같은 경험을 할 수도 없고 비슷한 일을 겪는다고 해도 무조건 똑같은 감정을 가지지는 않는다. 나는 분명 매몰찼다. 혹은 Z는 언급조차 하지 않는 것에 무의식적으로 화가 났을지도 모르겠다. 자식들, 이라고 표현은 했어도 그녀의 안중에는 둘째 딸에 대한 인식은 없었다. 그래서 나는 중심을 잃었을까. 그저 내가 할 일은 끄덕거리며 선심을 쓰듯이 알약 몇 개만 건네는 게 전부라는 것을 다시 깨달았다. 그녀가 가자 설명할 수 없는 감정들이 마치 삐져나온 머리카락처럼 튀어나와 들썩였다. 마음이 들썩거리면 차분히 가라앉히려 노력하는 사람들도 있지만 나는 대부분은 그런 용량을 다 써버린 사람처럼 나도 모르게 그 들썩거림을 파헤치고 그 진동을 느끼는 것 같다. 그건 지금 느껴야 할 감정을 온전히 느끼지 않는다면 분명 다시 번복될 감정들이 지긋지긋해서이다. 하지만 실은 아무리 그 자리에서는 넘겼다고 생각했던 것들도 또다시 돌아오고는 했다. 그런 반복과 번복은 인간을 지치게 만들지만 마땅한 방법도 없다. 그저 버텨내는 것 말고는. 그건 어린아이나 어른이나 똑같다.

# 21

## 살아남기 위해

살아남기 위해서였어요. 제가 입을 닫아 버린 건. 어쩌면 정확한
표현이 아닐지는 모르겠지만요. 그리고 일은 있었어요. 삼 년 정도
전에요. 저와 언니는 각자 집을 나온 후에는 전혀 연락도 하지 않고
살았어요. 만난 적도 없고요. 그러던 어느 날 늦은 밤이었는데 저는
출판사에 일이 많아 귀가가 늦었어요. 당시 살던 집이 엘리베이터
가 없는 건물에 있어서 4층까지 걸어 올라가야 했어요. 계단을 오를
때마다 불이 켜졌다가 꺼지길 반복했어요. 그렇게 올라가는데 저의
집 앞 계단에 누군가 앉아있었어요. 너무 놀라서 소리를 지를 뻔했
어요. 언니가 집 앞 계단에 앉아있었어요. 집은 엄마를 통해 알아낼
수도 있겠지만 왜 왔는지 전혀 알 수가 없었어요.

무슨 일이야?

저는 간신히 말을 했어요.

그냥 온 건데. 왜 그렇게 놀라?

언니는 놀란 저를 보며 피식 웃었어요.

당연히 놀라지. 무슨 일이야?

저는 다시 물었어요.

그러자 언니는 고개로 제 손에 쥐어있는 열쇠를 가리키며 말했어
요.

들어오라는 말도 안 하네?

무슨 일이냐고?

저는 다시 물었고 똑같은 대답만 돌아왔어요.

넌 잘 사는 것 같네. 나는 엉망인데.

뭐가 엉망인데?

그러자 갑자기 옷소매를 들추더니 팔등에 난 자국들을 보여줬어요.

어때?

뭐가?

지독하네. 너는 인간도 아니야! 동정심도 없네.

내게 무슨 말을 듣고 싶어? 스스로 한 짓이잖아.

그 시초가 너 때문이라는 걸 몰라? 다 너 때문이야!

전혀 변한 게 없네. 그때도 거짓말을 하더니. 나는 할 말 없으니까 돌아가.

거짓말이라고?

그럼 거짓말이지. 아니야? 남은 속여도 자신을 속이지는 말고 살아.

내 말에 언니는 벌떡 일어났어요.

그러더니 주머니에서 무언가를 꺼내더니 자신의 팔등을 그었어요.

나는 이제 아프지도 않아. 알아?

사실 겉으로 내색을 하지는 않았지만 다시는 보고 싶지 않은 장면에 마음이 흔들렸어요. 언니가 밉고 이해가 되지 않으면서도 동시에 가여웠어요.

도대체 그 짓은 언제까지 할 작정인데?

언니는 계단을 내려가다가 말했어요.

앞으로는 넌 아무 말도 하지 마.

무슨 소리야? 왜?

너의 말은 사람을 불행하게 만드는 기운이 있어. 내가 살아있는 증인이지.

뭐?

나는 앞으로 네가 말을 하는 숫자만큼 손등을 그을 거니까 그것만 알아둬.

이제 제발 그만해! 얼마나 더 나를 괴롭힐 작정이야? 그런 말도 안 되는 협박은 이제 안 믿어. 그러니 마음대로 해.

그래? 어떻게 하면 좋을지 그건 네 잘난 머리로 생각해 봐.


집으로 들어와서야 몸이 주체할 수 없이 떨리기 시작했어요. 보통의 경우라면 언니를 위해서라도 가족 중 누군가에게 연락하는 게 맞겠지만 그럴만한 마땅한 가족도 이미 없다고 여기고 살아서요. 헛소리라는 것도 분명히 알면서 저는 제가 침묵을 해야 하는 이유에 대해 생각했어요. 언니는 아마 튀어나오는 대로 말을 내뱉었던 걸 거예요. 그걸 알면서도 마음 한구석에는 언니의 말이 살아서 돌아다니고 있었어요. 온갖 생각을 했던 것 같아요. 이사를 할까. 아니야. 그래도 소용없어. 어차피 어디에 살아도 날 찾아낼 거야. 정말 내가 말을 하지 않기를 원하는 건가. 아니야. 이제 습관이 되어버린 그 짓은 누구도 말릴 수 없어. 그건 나 때문이 아니야. 하지만 누가 날 믿어줄까. 아무도 모르는 외국으로 갈까. 아무도 나를 모르는 곳에서는 행복까지는 아니라도 이런 시달림은 없을 거야. 그래. 그럴 것 같아. 저는 피곤한 눈으로 외국 사진들을 보다 잠이 들었어요. 그리고 다음 날부터 입을 닫게 되었어요. 언니의 영향이 전혀 없다고는 할 수 없겠지만 이상하게도 별개로 그냥 말하기가 싫어졌어요. 그러니 언니를 위해서도 아니고 누군가를 위한 것도 아니었어요. 굳이 말하자면 이상한 형태의 슬픔, 같은 감정이었어요. 최근에 갑자기 벌어진 일이 아닌 오래 묵은 감정들의 가장 대표로 슬픔, 의 감정으로 낙찰된 것 같은 그런 슬픔에서 그나마 살아남기 위해 입을 닫았다면 누가 믿어줄까요.

결핍으로 생존하는 인간들이 있다. 자신을 높게 해주지는 않아도 바닥을 알고 있는 이들은 시간이라는 열차에 탑승해도 도착할 곳의 지명이 적히지 않은 탑승권을 바라보는 것에 익숙하다. 누군가는 이렇게 말할 것이다. 자신이 가진 결핍에 대해 잘 안다고 해도 생은 전혀 달라지지 않는다는 것은 어떻게 받아들이나요? 결핍은 받아들이는 게 아니라 겪는 거예요. 아마 나는 그렇게 답을 하겠지만 그것에 대해 가장 질문을 많이 한 사람은 누구도 아닌 나 자신이다. 다만 가장 소중한 것을 잃어 결핍이 생긴 것이 아니니 그 부분에 대해서는 조금 적막하고 많이 다행이라고 생각하는 것. 그런 인간일 뿐이다. 발악하며 추락하는 자존감은 없어도 위를 향해 향하지도 못하는 어정쩡한 인간, 어른이 되어서도 넘기지 못한 말들을 되새기기만 하는 인간, 타인의 결핍에 대해서는 논문을 쓸 수 있어도 자신에 대해서는 한 줄도 제대로 쓰지 못하는 인간, 그리움이라는 감정을 모르는 것에 거의 가까운 인간, 결핍으로 무장되지도 그렇다고 자유롭지도 않은 인간, 너무 길어진 서두에 허덕이다 결국 결말은 모르는 작가 같이 되어버린 인간, 작은 희망이라도 존재한다면 그 앞에 막연한, 이라는 막역함은 꼭 필수가 되어버린 인간, 도무지 무엇을 위해 어떻게 나아져야 할지 모르는 인간, 커다란 우주에서 보자면 한낱 보이지도 않을 것들을 안고 있는 인간, 결핍을 어떻게 이용하는지에 따라 생은 아주 작게라도 달라질 수 있다는 사실만 뇌 속 어딘가에 넣어둔 인간.

Z에게 답을 쓰려고 하는데 갑자기 비가 내리기 시작했다. 반쯤 열어놓은 창에서 빗방울이 튀고 있다. 창문을 닫으려는데 마당에 누

군가가 있었다. 나는 창에서 조금 떨어져 각도를 바꿔 내려다봤다. b였다. 기다리기로 했던 순간이었다. 나는 일 층으로 내려가 현관문을 천천히 열었다. 그리고 글자를 적고 있는 그녀와 눈이 마주쳤다. 그녀의 손에 들린 커다란 펜에도 빗방울이 맺혀 있었다. 나는 아무 말도 하지 않았다. 그녀가 한 번도 이런 장면을 고려하지 않았을 리는 없다. 하지만 멍한 눈으로 나를 바라보고 있었다. 자신이 무얼 하고 있는지도 모르는 사람처럼 눈동자에 초점이 없다.

얼마든지 마음대로 쓰세요. 저는 들어갈게요.

내 말에 그녀의 분노가 갑자기 튀어나왔다.

당신! 잘난 척 좀 그만해! 차라리 나를 신고하라고!

신고하기를 바라고 하는 짓이에요? 나는 당신을 어떤 식으로든 막을 수 없으니 마음대로 하세요.


나는 현관문을 닫고 집으로 들어왔다. 그리고 Z에게 답장을 쓰기 시작했다. 저 밖에 있는 그녀를 무시하는 게 아니다. 타인에 대한 어떤 분노에는 자신만이 답이다. 고래고래 소리를 지르든, 마당의 풀들을 다 뽑아버리든, 창을 다 깨든 이제 주체는 그녀 자신이다. 그녀는 나와의 싸움을 기대했을 것이다. 그러면서 분노의 대상에 대한 확신을 더 단단히 얻고 그것을 에너지로 정교하게 구축하고 싶었을 것이다. 하지만 그건 중요하지 않다. 비는 거세지고 있다. 그녀는 언제든지 현관문을 열고 들어올 수 있다. 그녀가 원한다면.

  메일 잘 받았어요.

  슬픔과 분노는 같은 범주에 있어요. 분노가 슬픔을 불러오기도 하
고 슬픔이 분노를 데려오기도 해요. 어쩔 수 없는 것들에 인간들은
여러 가지 형태로 반응을 하는데 굳이 하나하나 나열하지 않아도 감
정들과 뇌가 저절로 반응하는 거예요. 너무 뻔한 이야기지만요. 당
연히 언니의 말과 행동에 많이 놀라고 불편하셨을 거예요. 과거의
일들도 다시 떠오를 수밖에 없고요. 오직 자신만의 노력으로 간신
히 얻은 공간을 침범당하는 건 불쾌하고 두려운 일이에요. 아무리
가족이라고 해도. 말을 하지 말라는 건 무슨 의미였을까요? 제가 볼
때는 어떤 식으로든 괴롭히려는 의도밖에 느껴지지 않아요. 보통
사람들은 말을 하는 게 따로 인식할 필요도 없는 기본적인 표현 방
식인데 그것에 대한 금지 같은 장악력을 내던지고 간 거로 보여요.
저는 당신의 침묵에 대해서 솔직히 궁금했던 것도 사실이지만 존중
할게요. 다만 침묵은 자신을 위해 사용되기를 바라는 마음이에요.

  메일을 전송하고 창밖을 슬쩍 봤다. 아직 그녀가 있다. 그 비를 다
맞으며. 이제는 내가 지켜보고 있다는 것을 알면서도 그녀는 나를
실험하고 있는 듯이 여전하다. 마치 창을 청소하는 사람처럼 보이

기도 한다. 더는 떨어질 곳도 가지지 못한 인간의 발악을 무엇으로 멈출까. 그사이에 비는 더 거세지고 있다. 빗방울로 글자는 지워지지 않겠지만 잘 지워지지 않는 건 특수한 펜만이 아니다. 누구나 지울 수 없는 것들을 품고 있다. 그녀는 남의 유리창에 다른 언어로 자신의 지워지지 않을 기억을 써 내려가는 것이다. 나는 이미 그녀에게 질렸지만 거센 비를 맞고 있는 게 걱정이 되는 마음이 드는 것도 사실이다. 나는 십 분만 더 기다리기로 했다. 영원히 저 밖에 있게 할 수는 없다. 그건 내게도 불편하기 그지없는 일이니까. 그녀의 분노는 저 센 빗방울에도 지지 않을 것을 안다. 시계를 보자 십 분이 넘어가고 있다. 나는 현관문을 열고 나갔다. 그녀는 바닥에 쓰러져 숨을 몰아쉬며 덜덜 떨고 있었다.

일어나요! 정신 차려요!

내 말에도 꿈쩍하지 않는 그녀의 축 늘어진 몸을 들쳐 안고 집 안으로 들어와 소파에 눕혔다. 수건 몇 장을 가져와 옆에 놔두고 난방을 올렸다. 그리고 이 층으로 올라와 잠시 숨을 골랐다. 이 모든 일에 짜증이 나면서도 손을 씻고 다시 내려와 간단한 수프를 끓였다. 인스턴트 수프를 저으며 잠깐씩 그녀가 일어나는지 살폈다.


나는 당신을 증오해.

그녀가 눈을 뜨자마자 한 말이다.

알아요.

당신도 내가 싫겠지.

네. 싫어요.

그런데 왜 나를 집에 들인 거야? 비를 맞아서 죽기라도 할까 봐?

그녀의 반말이 또 거슬렸지만 넘겼다.

내 마당에서 죽으면 내가 귀찮으니까. 그리고 비를 맞아서 죽는 사람도 있어요.

그녀는 일어나 덜덜 떨리는 손으로 옆에 있던 수건들을 집어 던지며 소리를 지르기 시작했다.

도대체 내게 왜 이러는 거야! 뭐 이따위 세상이 있냐고! 우리 언니를 데려가고 장례식에서 부모님은 언니가 부끄러워서 사고사였다고 거짓말을 하고 사람들은 숙덕거리고 난 이제 병원도 그만뒀다고! 도대체 내 잘못이 뭔데? 그리고 당신도 외면했지! 언니를 버린 놈도 잘살고 있을 거고! 억울해! 나는 억울해!

세상도 인간도 원래 더러워요.

내 말에 소리를 지르던 그녀가 주저앉으며 나를 뚫어지게 쳐다봤다.

그래? 그럼 말해봐요. 세상이 어떻게 더러운지, 왜 그런지 말해봐요.

내가 경험한 생이 그랬어요. 나는 신이 아니니 이유는 나도 몰라요.

뭐? 힘들게 살아온 것 같은 흉내는 내게는 전혀 통하지 않으니까 좀 솔직해지라고! 그게 대답이야? 정신과 의사가?

내가 어떻게 살아왔는지 당신은 알아? 내가 당신에 대해 아는 것은 몇 가지라도 있지만 당신은? 나에 대해 뭘 아는데?

당신은 그래도 친절하다고 생각했어!

친절이 뭔데?

지금 나랑 말장난이나 하자고?

아니. 나는 환자들에게 친절했고 진심이었어. 그건 변하지 않아.

아니, 당신은 환자도 차별했잖아!

어쩔 수 없이 또 같은 이야기를 다시 반복한다.

당신의 언니? 아주 크게 나누면 내게 온 환자들은 회복되고 싶어서 오거나 그런 마음도 어쩌지 못해 그저 고통에 견디지 못해 오는 경우야. 하지만 내가 아니라 당신이 말했지. 병원에서 알려질까 봐 언니도 데려오지 않았고 또 못했지. 그게 내 탓이라고 생각하는 거야? 지금도?

잠시 그녀가 말을 잃고 멍한 상태에서 나는 틈새를 주지 않으려고 노력했다.

당신이 원하는 걸 말해. 제대로 알고 있다면.

한참의 침묵이 흘렀다.

정말 원하는 게 뭔지 나도 모르겠어요.

그건 당연해요.

네?

고통 속에 있는 인간은 자신이 무얼 원하는지도 모르게 되는 게 당연해요. 당신은 분노의 에너지를 감당하지 못하고 그 분노의 대상은 지금 내가 됐어요. 나에 대한 감정은 처음부터 당신의 것이에요. 그러니 마음대로 하세요.

그녀는 빗속에 있을 때보다 더 심하게 몸을 떨기 시작했다. 그녀가 바라던 반응이 아니었을 것이다. 싸우고 싶은 사람을 지루하게 만드는 것만큼 타격은 클 것이다. 하지만 나는 머리로 그녀를 조종하고 싶은 생각이나 의도 따위는 없다. 말이 통하지 않는 사람에게 휘둘리고 싶지 않을 뿐이다.

수프에요.

나는 따스한 김을 내는 수프를 탁자 위에 놓았다.

이런 것에 내가 넘어갈 줄 알았다면 오산이에요.

무슨 착각을 하는가 본데 먹기 싫으면 먹지 마세요.

그리고 나는 다시 이 층으로 올라갔다. 같이 있기 싫었다. 어쨌든 그녀가 빨리 내 공간에서 나가주기만을 기다리고 있었다. 비는 조금씩 잦아들고 있다. 창가에 몸을 기대고 밖을 보고 있었지만 한참이 지나도 밖으로 나가는 그녀의 모습은 보이질 않았다. 그리고 나는 어느새 꿈을 꾸었다.


 욕실로 기어가듯 비틀거리며 느끼는 감정은 늘 하나다. 이 현기증을 다시는 절대로, 더는 느끼고 싶지 않다는 것. 현실로 돌아와도 지독하게 생생한 꿈의 꼬리들이 육체의 감각을 지배하는 이 느낌을 죽이고 싶을 정도로 증오한다. 나의 무의식의 세계를 치가 떨리도록 경멸하지만 스스로 오는 꿈을 막을 길은 없다. 나는 절벽에서 떨어진 적도, 바다에 빠져 본 적도, 하다못해 수영장에서 허우적거린 경험도 전혀 없다. 간신히 욕실 밖으로 나오자 b가 서 있었다.

 왜 그러세요?

 그냥 조금 속이 안 좋아요. 괜찮아요.

 119라도 부를까요?

 됐어요. 병원에 가도 소용없는 일이에요.

 그게 무슨 말이에요?

 나는 더는 말을 하기도 어려워 그녀에게 그만 가라는 눈빛을 보냈다.

 그녀가 이 층에서 내려가고 나는 한참을 숨을 골랐다. 왜, 하필이면 이런 때, 단단히 정신을 바짝 차려도 모자랄 이 상황에, 왜.

 숨을 고르려고 있는 힘껏 숨을 들이마시고 내보낸다. 몸을 조금씩 움직이고 어정쩡한 걸음으로 조심하며 아래층으로 내려갔다.

그녀가 있다.

아직 안 갔어요?

곧 갈 거예요.

반말은 어느새 사라졌지만 나는 여전히 그녀가 불편하다.

당신 말이 맞아요. 나는 아무도 구원할 수 없어요.

그 말에 그녀는 가만히 나를 보다가 현관문을 열고 나갔다.


**당신은 절대 아무도 구원할 수 없을 거야.**


천천히 몸을 일으켜 시계를 보니 벌써 다음 날, 아침 9시가 넘어가고 있었다. 날은 더없이 맑았다. 어제의 비에 씻겨진 건 공기만은 아니었다. 요란했던 창의 모든 글자가 사라지고 없었다. 원래 아무것도 없었던 것처럼. 그녀는 그렇게 분노를 제대로 데리고 갔을까. 아니면 잠시 휴지기에 들어선 것일까. 그녀의 분노가 말끔하게 그녀를 따라갔는지는 아무도 모르는 일이다. 나도, 그녀 자신도.


선생님.

멍하니 앉아 있는데 Z의 어머니가 왔다. 다시는 오지 않을 거라고 생각했는데 반갑고 또 어색하다.

어서 오세요.

저번에 좀 제가 갑자기 울컥하는 바람에. 죄송해요.

아니에요. 저도 그랬어요.

잘 지내셨어요?

네. 잘 지내셨어요?

선생님, 다시 그 소리가 들리기 시작했어요.

그 소리라면 빨리 와?

네.

빈도가 심한가요?

네. 그래서 며칠 전부터는 낮에도 한 알 먹고 말았어요.

우선은 너무 걱정하지 마세요. 솔직히 하루에 두 알 정도는 먹어도 크게 부작용이 있지는 않아요.

말을 하며 Z의 어머니가 어쩔 수 없이 약 때문에라도 내게 온 것임을 알았다.

제가 예전에 말씀드린 것처럼 저리 가, 라고 해보셨겠죠?

네. 하지만 소용이 없더라고요.

약으로 그 말을 없앨 수는 없어요. 알고 계시죠? 너무 오래 들어왔던 말이라 잠시 사라졌어도 또 돌아오기도 하고.

나는 나도 모르게 깊은 한숨을 내쉬고 말았다.

사는 거, 참 어렵죠.

내 말에 나도 그녀도 같이 놀랐다. 그리고 잠시 후 우리는 슬쩍 같이 웃었다.

일주일 분량의 약을 건네며 나는 진심으로 말했다.

지지 마세요. 그리고 여전히 소리가 계속 들리면 이제부터는 답도 하지 마세요. 그냥 무시할 수 있다는 걸 또 제대로 보여주는 거예요. 반복되는 소리에는 자신도 반복적으로, 대신 아주 조금이라도 달라지는 태도를 연습하는 것이 중요해요.

살아남기 위해.

요란하게 춤을 추는 오랜 분노들이 보통의 선 밖을 넘어버리고, 귀가 아닌 영혼의 소음들을 잠시 약으로 다스리고, 어지러운 꿈에 바닷가로 향하고, 눈앞에서 맺힌 핏방울을 보며 마음이 내려앉고, 무시하는 말들이 싫어 다른 것을 찾아도 달라지는 건 없고, 어떤 명예 하나 없이도 지켜야 할 것들은 무수하기만 하고, 타인의 인정을 그래도 바라게 되는 숨 속에 섞인 모순들의 자리는 어디에 놓아야 할지 모르겠고, 사는 건지 고통을 버티는 건지 수시로 모호해지고, 그 얇은 선 위에서 중심을 잡으려고 안간힘을 쓰며 줄타기를 하는 것. 살아남기 위해. 아니, 어쩌면 죽을 수도 없어서.

살아남기 위해, 라는 말로 대신한다.

# 22

## 극복하지 않는 것들

차라리 극복하지 않기로 한 것들에 대해 안도감을 느낀다. 내용은 더럽지만 겉은 말끔한 책 표지를 쓰다듬듯이. 화려해 보이는 그 속에 들어있는 실체를 알고 있다는 이유를 무기로 삼고. 더는 속지 않을 거라는 반의 확신과 또 흔들릴 것이 분명한 반의 확고함을 품고 숨을 쉰다. 어딘가에 두고 온 아이 같은 나를, 아니 아이인 나를 회수하고 싶을 때가 너무나 많다. 하지만 그 아이는 내 말을 듣지도, 손을 잡지도 않는다. 어른인 내가 평온해지기 전에는 내 근처에는 오지 않겠다고 눈동자로 말한다. 그러니 결국은 극복하지 않는 것들이 아니라 극복하지 못한 것들이다.

Z에게 메일이 왔다.

선생님. 많은 생각을 해봤어요. 말을 하지 말라는 언니의 말을요. 그리고 선생님의 말씀에 대해서도요. 언니는 절 늘 적대시하던 사람이어서 그 말 자체가 제 침묵에 큰 영향을 주었다고만은 생각하지 않아요. 그건 울지 않는 사람에게 다시는 울지 말라는 이야기와 비슷하기도 해요. 차라리 미친 듯이 말을 하라고 했다면 그게 더 난감하고 어려웠을지도 몰라요. 그럴 일은 없겠지만요. 실은 그날, 문을 닫고 들어와 그래도 걱정스러운 마음에 창밖에서 언니를 지켜봤어요. 5분 가까이 지나도 언니의 모습은 보이지 않았어요. 아무리 천천히 걸어 내려가도 그건 너무나 긴 시간이었어요. 그러다 5분 정도가 더 지나자 드디어 현관 밖으로 걸어 나가는 모습을 봤어요. 그런데 술에 취한 것도 아닌데 비틀대며 저의 시야 맞은편에서 다시 손등을 그었어요. 제가 보고 있다는 걸 아는지 모르는지는 저는 모르겠어요. 어쨌든 언니는 한 번 더 제가 있는 방향을 향해 고개를 들지 않고 그저 또 그어댔어요. 저는 내려갈 수 있었지만 그러고 싶지 않았어요. 그런 장면도 더는 보고 싶지 않아 커튼을 완벽하게 닫고 침대에 누웠어요. 잠은 당연히 오지 않았고 한참을 뒤척이다가 갑자기 저도 모를 기운에 휩싸여 칼로 슬쩍 제 팔등을 그어봤어요. 피는 피부 위에서만 조금 나오다가 그치긴 했는데 생각한 것보다 쓰라렸어요. 대충 연고를 바르고 반창고를 붙이면서 도대체 왜 이런 짓을 하는 거지? 라는 의문과 함께 언니가 정말로 아픈 인간이라는 것을 깨달았어요. 제게 한 것들과 상관 없어요. 우리가 쌍둥이가 아니었다면, 각자 다른 집에서 태어났더라면, 그날 바다에서 파도가 저를 한 번에 데려갔었다면, 하는 생각이 다시 들기 시작했어요. 그리고 어쩌면 제 무시하는 태도나 표정에 더 저런 짓을 하나 싶으면서도 이제는 사는 공간도 다르고 전혀 안부조차 하지 않는 사이인데 언니의 습관에 제가 할 수 있는 일은 아무것도 없다는 결론만 내리고 말았어요. 저는 다시는 어떤 과거로도 돌아가고 싶지 않아요. 엄마에게 오는 연락도 싫어요. 그저 싫은 것만 잔뜩 가지고 사는 제가 제일 싫어요.

　내가 이 속내에 무슨 말을 해야 할까. 이제 어설픈 추리는 없어졌다. 하지만 나는 Z를 위해 무얼 할 수 있을까. 그동안 내게 온 환자들을 대하며 진심을 사용했지만 일 적인 감정과 개인적인 감정이 모호해지지 않기 위해 노력도 해야 했다. 그건 사적인 감정이라기보다는 나의 과거와 닮아있는 것들에 대한 나 자신이 흔들리는지 아닌지에 대한 시험지를 받는 듯한 기분이었다. 나는 지지 않으려고 했다. 하지만 매번 이길 수는 없었다. Z도 그중에 하나다. 모든 것이 같지는 않지만 같은 고통의 행성에서 파생된 동지 같았다. 아주 솔직히. 시기와 기간은 달라도 침묵, 이라는 지령을 받고 말, 에 환멸을 느끼는 숙제를 받은 인간들이었다. 그리고 그것에 대해 어떤 식으로 살아가는지 두고 보는 무엇은 자신 안의 어린아이였다. 아무리 슬픔에 노출되어 있어도, 아무리 나름 고통에 통달해도, 아무리 자신을 단단히 단속해도. 아무리 수만 번의 여과를 거쳐도 극복되지 않는 것들은 있다. 그러니 극복하지 않는 것들, 이라는 말은 극복하지 못하는 것들, 과 실상은 동일한 언어 같아서 늘 한계 앞에서 누워버리는 생의 노숙자 같다.

　Z라면 이해해줄까. 내가 이 난감한 유혹을 이겨낼 수 있을까. Z에게는 속내를 터놓고 싶은 내 마음에 내가 놀란다. 그래, 메일을 전송

하지 않으면 그만이다. 나는 내 생을 적기 시작했다.

글로 심정을 적는 것에 묘한 기분이 들었다. 나 자신이면서도 누군가에 대해 정확히 기술하려는 타인 같아지고 있다. 문장의 질은 어떨지 몰라도 상상이 아니니 시간이 흐르는 줄도 모르고 그동안의 나의 생을 적어갔다. 오래전 일부터 최근의 일까지. 물론 Z의 어머니 이야기는 제외했지만. 마치 글에 미친 작가처럼 그저 적어나갔다. 나의 결핍, 나의 고통, 나의 분노, 내가 놓치고 말았던 그들, 반복되는 지독한 꿈, 그리고 나의 오래전 침묵에 대해. 누군가를 객관적으로 보는 일은 익숙했어도 실상 자신은 객관적이면서도 주관적으로 나열하는 것은 표현할 수 없는 어떤 광기, 같은 거였다. 계속 적는다. 둔탁한 악기에서 날카로운 비명이 들리고, 예민한 악기의 줄들이 끊어지고, 건반이 눌리지 않는 답답함을 고스란히 느끼고, 조율이 되지 않은 음들이 그래도 소리를 내려고 발악하고, 내게만 들리는 침묵의 휘파람 소리가 나다 결국은 모든 삐딱한 것들의 무게에 눌려서 일어나지 않는 검은 건반을 바라보고 있다. 너무 많이 눌러 가라앉은 건지 너무 외면해서 자멸한 건지 모를 그 앞에. 나는 있다. 멍하니. 여느 때보다 선명하게. 자신의 인생을 어떻게 적느냐에 따라 무엇에 집중했었는지를 알게 된다. 즐거움과 평탄함보다 고통의 그래프를 그리고 있는 나를 유언을 간신히 마친 인간처럼, 어려운 논문을 완성한 학생처럼, 어떤 말에도 상처받지 않을 것만 같던 감각을 다시 꺼내 찾고 나서 미쳐 날뛰는 인간처럼 기분을 초 단위로 고스란히 느꼈다. 그건 나쁜 식으로 표현하자면 고통스럽고 까발려 지는 느낌이었다. 타인에게 자신을 드러내는 건 엄청난 일이었다. 그동안 내게 온 그들은 용감했다. 반은 그저 고통과 통증에 잡혀 먹 였을지 몰라도, 구원을 딱히 원하지 않았어도, 피를 철철 흘리며 이 송되지 않았어도, 겉으로는 멀쩡하게 문을 열고 들어왔어도 그래도 세상 속에 존재하는 자신을 놓치지는 않았던 정신을 최대한 사용한 것이다. 눈을 감으면 아무것도 보이지 않는다. 시각적으로는. 그리 고 눈을 뜨면 보인다. 앞에 있는 사물들이. 하지만 눈을 감으면 생 각들이 밀려온다. 그리고 눈을 뜨면 현실이 고스란히 말해준다. 세 상은 너 없이도 잘 돌아간다고. 눈을 감으면 과거가 생생하게 떠오 른다. 그리고 눈을 뜨면 심장이 현재의 간격과 맞추려는지 미친 듯 이 뛰고 어떻게든 자신의 흉터를 기억하라고 졸라댄다. 어쩔 수 없 는 욕망이자 본능이다. 그걸 깨닫자 나는 메일이 전송되기 전에 황 급히 취소를 하려고 했지만 이미 메일은 전송되었다.

나는 신경 약을 평소의 세배로 삼키고 침대로 들어갔다. 그저 아 무 생각이 없는 시간을 간절히 원했다. 혹시라도 다시 깨어나지 않 아도 괜찮다. 차라리 그러길 바랐다. 나의 죽음을 애석해할 가족도 없고 만들지도 않았다. 마음에 걸릴 관계도 없다. 그것이 얼마나 다행인지. 생에서 가장 잘한 짓 같았다. 절벽에 다시 서게 된다면 이번에는 정말로 나를 죽이기로 했다. 욕실에 가는 길이 이 지상을 떠나는 일보다 더 험난하고 역겨울 것 같았다. 그냥 조금 더 우울한 날, 이라고 생각하지 않는다. 실은 늘 우울감을 바탕으로 이뤄진 인간이다. 조금 더 우울한 날이라기보다는 조금 더 위험한 날이라는 표현이 맞을지도 모르겠다. 자신을 다 털어놓고 나니 내 고통도, 내 초라함도, 내 발악도 별것도 아닌 것 같았다. 먼 타인의 이야기 같기만 했다. 내게 있었던 일이었나 싶은 기분은 시간을 먹어서가 아니라 너무 많이 반복되어 내게 흡수된 이물질 같은 성긴 덤불이 되어버렸다. 뿌리를 찾아 걷어내야 하는데 나는 그것을 걷어낼 긍정의 뿌리가 없다.

　인생을 망쳤다는 단언을 들었고 절대 아무도 구원할 수 없을 거라는 예언을 들었다. 이제 그 말들은 내게 타격이 아니다. 이제 그 말들은 내게 어떤 오기도 불러일으키지 못한다. 잠이 오고 있다.


깨어나세요! 선생님!

간신히 눈을 뜨자 Z의 어머니가 보인다. 무슨 일이지?

선생님! 괜찮으세요?

어떻게?

선생님 댁에 갔다가 쓰러져 계신 걸 발견했어요. 위세척은 잘 끝

낫대요.

위세척이요?

내가 하는 말이 어눌해서 부끄럽다.

얼마나 놀랐는지 아세요?

그녀는 울고 있었다. 자신의 자식은 바다에 몸을 던진 것도 모르고 타인을 보고 울고 있다.

저, 지금은 말을 거는 건 되도록 조심해주세요. 아직 회복 중이세요.

덤덤한 말투의 간호사가 와서 그녀에게 말했다.

저는 괜찮으니 가세요. 고맙습니다.

그녀가 가고 나는 눈을 감고 아무 생각도 하지 않으려고 했다.

약을 먹었지. 잠이 든 건 모르겠고 꿈은 기억에 없고.

정신을 차려갈수록 속은 더 울렁거렸다.

어지러우세요?

간호사가 말을 건넸다.

나는 말을 할 힘도 없어 대강 고개를 끄덕이며 현생의 지옥 속에서 모든 고통의 감각을 느끼고 있었다. 지금까지 버텨온 것들이 뒤섞여 머릿속은 기억과 생각을 오고 가며 늘 밀어내기 바빴던 말들에 얼마나 많은 에너지를 소비했는지를 생각하다 더 어지러워져 그만두었다.

시간이 조금 더 흐른 후에 간호사가 수액의 속도를 점검하고 커튼을 치고 나갔다.

저녁이 되어 갈 무렵 집으로 돌아왔다. 고요와 적막이 주는 안도감이 이토록 다정한 줄 몰랐다. 늘 혼자였지만 이렇게 혼자가 어울리는지도 잊고 있었다. 자신에 대해 제대로 생각하기에 아주 적합했다. 몸이 늘어져 침대에 누웠지만 금세 다시 일어나 바다로 가기로 했다. 이제 낯설지 않은 장소. 고통의 음률을 잠시 잊고 비통함의 단조를 잠시 넣어두고 그저 바다의 파도만 가만히 응시했다. 아무 생각 없이 살아갈 수 있다면 얼마나 좋을까. 저 깊은 바다 안에서 유영하고 있는 물고기들은 그저 헤엄을 치고 평화로울까. 아닐 것이다. 그들 사이에서도 나름의 전쟁을 매 순간 겪고 있을 것이다. 그러니 실상 어떤 존재도 무언가와는 싸우고 있다. 목적과 대상은 다르겠지만 늘 극복해야 하는 것들에 둘러싸여 있다. 지금은 그저 바다의 파도 소리에 집중한다. 귀에 들어오는 이 자연은 극복이 아니라 거저 얻는 덤 같은 것이니. 부서지는 파도만이 유일하게 부서지지 않은 것 같아서.

한동안 잠 자체를 거부했다. 졸려도 몸은 완전히 눕히지 않고 지냈다. 간혹 졸음이 와도 절대 침대에는 눕지는 않았다. 두려웠다. 꿈도, 자신도, 내 무의식의 세계들도.


선생님.

Z의 어머니가 왔다.

얼마 전에는 죄송했어요.

아니에요. 다행이에요. 건강은 어떠세요?

네. 괜찮아요. 저, 어떻게 저를 병원으로 옮기셨는지. 기억이 안 나서요.

실은 저번에 그 글자들을 보고 좀 걱정을 하기는 했어요. 저는 그 저 반찬은 좀 드리려고 왔었는데 보이시질 않더라고요. 그냥 가려고 했는데 어쩐지 기운이 좀 이상했어요. 그래서 선생님을 여러 번 불렀는데 대답이 없어서서 결국은 이 층으로 올라갔다가 욕실 근처에서 쓰러져 계셔서 무조건 119에 전화했어요.

아, 너무 죄송해요. 그날 많이 놀라셨죠. 한동안 잠을 도통 못 자서 그랬나 봐요. 약을 조금 많이 먹었어요. 정말 죄송해요.

혹시라도 나쁜 생각을 하신 건 아닌지 그게 제일 걱정이 됐어요.

나는 고개를 저었다. 솔직하지 못한 내가 눈만 억지로 웃고 있다. 괜찮다고 타인을 안심시킨다.

죽을 다시 끓여왔어요. 좀 드세요.

내 손에는 따끈한 보온병의 온기가 전해졌다.

외로워서 운 적이 없다. 차가워지는 자신에게 경보를 보낸 적도 없다. 누군가를 진심으로 사랑한 적도 없다. 이해하지 못했을 상황에 마주하면 멍했다. 억울한 자신의 심정들을 대할 때면 본능적으로 눈을 돌렸다. 간신히 고단을 눕힌 밤을 썰어대는 악몽과 불안을 더 잘게 썰 수 있는 가위가 필요했다. 어딘가에는 있을 곳을 상상하는 것에도 에너지가 턱없이 모자라 방치하고 기억만 해두었다. 그것들은 썩어가고 있을 것이다. 나로 인해. 시커멓게 변하면서 나를 원망할 것이다. 알 방도가 없어 넘어가지 않는 언어로 가득 찬 책을 들고 아무리 어루만져봤자 소용없다. 고대의 언어같이 구는 나를 나 자신만 읽어댄다.

**죄가 없는 죄책감.**

늦었지만 Z의 메일에 썼어야 했을 말이다.

죄는 분명히 존재하는데 죄인은 어디에도 없다. 그리고 부여받은 죄책감의 수명이 가장 길다. 죄 자체보다도. 누군가는 죄를 행동하고 누군가는 그 죄의 대상이 되고 또 누군가는 그 죄를, 그로 인한 상처들을 외면한다. 몰랐다는 이유만이 가장 보통의 면죄부로 둔갑되어 흘러가고 판사도 변호사도 없는 정적의 심판대가 되고, 거침이 없는 것들은 제 자리고 자꾸 과부하에 걸리는 건 나약함으로 인식되고, 마땅하게 찾을 감정의 단어가 없어지고, 생각을 하고 있다고 생각하지만 어쩌면 감정일 뿐이고, 감정이라고 느끼지만 진짜 모습은 기분일 뿐이고. 그것들의 무한한 반복은 틀이 맞지 않은 톱니처럼 부자연스러운 소리를 내고 그 삐걱대는 소리를 듣는 것이 생의 주요 지점에 늘 들어있다고 자각하면 바랄 수 있는 것은 단 하나. 나의 과거에 덜 체하는 것. 집요한 기억의 얼굴들에 거친 욕을 하며 사나운 눈빛을 발사하는 것. 더 맛있는 원두커피를 만들어 보는 것. 그것들은 세 가지 같지만 하나다.

# 23

## 고백의 요소

오래전에 읽었던 칼 융의 책을 뒤적이고 있다.

*외부를 바라보는 자는 꿈을 꾸고, 내면을 바라보는 자는 깨어난다.*

나는 어떤 쪽인가. 밑줄을 짙게 그어놓은 걸 보니 언젠가는 그 문장에 기대고 싶었던 마음을 본다. 아마도 나는 외부를 바라보고 싶었을 것이다. 바라봤어야 했다. 나를 책임질 사람은 나 자신뿐이었으니. 내면에서 건질 건 하나 없으니. 하지만 외부도 복잡하다. 타인들과 얽혀있는 세상에서 비교하고 비교당하며 기준이라는 것이 생긴다. 행복의 기준, 불행의 기준, 유기적이라는 연결의 기준, 모호하지만 정상적이라는 기준들에 둘러싸여 있다. 외부 자체에서 꿈을 편히 떠올리지 않았어도 되도록 타인 안에서는 도드라지지 않으려고 나름대로 애를 썼다. 애를 쓰기도 전에 이미 나는 그저 너무 비상식적으로 조용한 아이에 더해진 소문의 주범이 되어있었지만. 때로는 아이들이 가진 에너지와 내 적막이 부딪히면 특별한 아이가 아닌 특이한 아이가 된다는 것도 깨달았다. 옷이 몇 개 없는 아이, 코를 박고 교과서만 보는 아이, 키는 정상인에 너무 마른 아이, 웃는 걸 본 적이 없는 아이, 소문이 무성한 엄마를 가진 아이, 닫힌 아이. 하지만 정작 진짜는 다친 아이, 라는 건 아무도 모르던 아이. 어쩌면 유령 같은 존재가 나의 꿈이었을 것이다.

내면을 영혼으로 가정하자면 가짜 방부제로라도 채워 넣어야 했다. 깨어나지 않기 위해, 혹은 깨어날 날을 막연히 그렸을지도 모르겠다. 깨어난다는 의미가 무언지 알 수 없었다. 유한한 인간임을 다행으로 여기는 순간들에 그 말은 해방의 기운을 가진 것처럼 멀리서만 느꼈을 뿐이다. 하지만 지금은 아는가. 고개를 끄덕일 수 없다.

한 번 점화된 불안증은 나날이 심해져만 갔다. 다시 어린 시절의 그 방에서 겨우 내쉬고 들이마셨던 가파르고 위태로운 숨을 다시 재현해내는 듯한 날들이 늘어간다. 결국, 과거라는 건 털어낼 수 없는 것일까. 세상에 많은 이들 중에 단 한 명까지도 내 이야기에 질색을 표명하며 사라지는 것일까. 아무것도 원하지 않는다고 살아온 주제에 실은 그것도 스스로 속인 거짓이었나. Z의 답장을 기다리면서. Z의 침묵이 나를 불안증으로 깊게 인도하였다는 것을 깨달으면서. 나는 내 고백을 짙게 후회하기도 했다. 그리고 우선은 사라진 b와 내가 같은 증상이라는 걸 느꼈다.

정신 운동성 초조, 라는 말은 의학적인 용어다. 개인적인 긴장으로 안절부절못하며 손을 가만히 놔둘 수 없는 신체적인 반응이다. 보통 우울증이나 불안증 환자에게 많이 나타난다. 예전에도 그랬지만 점점 그 증상이 높아져 가고 있다. 뇌는 불안을 인지하고 마음은 그

몸집을 크게 부풀리고 정신은 저항하지만 어떤 쪽도 아주 우월하지도 않지만 전혀 부족하지도 않은 고립된 상태에 갇힌 것이다. 거의 완벽에 가까운 지점에 도달한 고통을 가진 사람을 다시 거의, 라는 먼 곳으로 끌어내리고 거의, 되기 직전의 사람이 위를 보지 않게 하는 것은 나의 과거의 일이었고 현재의 일이다. 마치 오이디프스 왕이 눈이 멀어 겨우 3cm에 지옥을 경험했듯이 말이다. 다시 돌아간다 한들 달라지지 않을 것을 알고 있는 인간들은 미래를 위해 무엇을 하지 않는다. 아마 b도 굳게 닫힌 언니의 방을 스쳐 지나가며, 가족이 동반한 환자들을 보며, 부모님을 원망하기도 하며, 내게 문자를 보내며 자신의 나락을 봤을 것이다. 아니, 보진 않아도 알고는 있을 것이다. 하지만 그것을 안다고 해도 생은 이미 바닥으로 고꾸라진 모양을 하고 있고 고개 하나 드는 건 어떤 의미도 없어진 것이다.

내가 Z에 대해 가진 감정은 사랑이 아니다. 내가 기다리는 건 연애편지도 아니다. 그저 이 벌떡거리는 권태감과 후회가 나를 강력하게 사로잡았을 뿐이다. 만약 온다면 어떤 형태의 감정으로 올지도 알 수 없다.

# 24

# 모호한 것들

내게 가장 모호한 말은 세상, 이다. 추상적이고 겉도는 언어 같다. 세상은 원래 그래, 세상이 그렇지 뭐, 세상이 잘 못 돌아가고 있어. 이런 말들의 진짜 대상이 정말 세상 자체일까. 그 세상이라는 건 도대체 무엇일까. 구체적이지 않으면서도 늘 쓰이는 두 단어. 누구와 어떤 관계를 맺고 있는가에 따라 세상은 달라진다. 그러니 세상은 타인의 온기와 정신의 에너지를 지칭하는 것이다. 나는 만약, 이라는 말을 좋아하지 않는다. 만약, 이라는 말 자체에는 희망보다는 후회의 냄새가 나기 때문이다. 덩그러니 놓인 제물이 자신이라는 것을 깊이 들여다본 인간에게 만약, 이라는 가정은 허망하고 덧없을 뿐이다.

나는 Z에게 메일을 보낸 것을 매일, 매 순간 후회하고 있다. 나는 적당하고 온전하게 보낸 시절이 없다는 것을 통감하고 있다.


나는 그동안의 모든 피로와 씁쓸함을 모호한 것으로 여기려 그나마 노력하고 있다.


나는 세상 속에 기거하지만 존재하지 않는 무엇이다.


나는 의사가 아니라 마음이 병든 최고의 환자 같다.

소파에 기댄 모양으로 얼핏 잠이 들었고 또 꿈을 꾸었다. 꿈속에서도 이제는 익숙한 과정들은 시간을 먹지 않은 것처럼 성실하고 질리지도 않는 반복들을 내게 준다. 그곳의 시간은 순간으로 연결되어 있고 단편적인 덜컹거림 같아서 꿈을 꾸고 나면 진이 다 빠진다. 그 과정 후에는 기본적인 것에도 많은 에너지가 소모된다. 나는 시간이 늘어진 노인 같아지고 일상의 행동들도 점점 간소화시키며 시간이 주는 고통을 절절하게 체험한다. 그냥 두어도 흐르는 시간 같은 건 잃어버렸다. 시간과 나는 서로 등은 돌렸지만 완전하게 헤어지지는 못한 악담 같은 사이가 되어버렸고 서로 등을 돌리고는 있어도 또 그 등줄기의 갈래의 마디마디는 느낄 수 있을 만큼 멀지도 않다. 그런 모순들이 얼음이 되어 견고해지고 있다. 그토록 싫어하는 후회 덕분에. 타인에게서 얻어야 할 것들의 어쩔 수 없음과 민낯을 드러내고야 말았던 텅 빈 자신과 무슨 싸움을 하겠나. 누가 승자이고 누가 패배하는가. 모든 질문의 답이 알 수 없다. 라는 결론은 늘 화가 나게 쓸쓸하고 답답하기만 하다. 가끔은 소리라도 미친 듯이 질러보고 싶은 가련하고 험악한 속내만 부풀어 오를 뿐이다. 그러니 세상이라는 말처럼 모든 것이 모호하다. 모호함은 둥근 모양이 아니라 날카로운 모서리들이 공평하게 부식되어 그 형태를 유지해 여전히 뾰족할 것이고 그것의 가장 최상위로 솟아오른 부분은 빛을 받아들이기보다는 어떻게든 굴절시킬 것이다. 무게도 없는 빛도 마다할 과도한 건조와 억눌린 습기가 따로 한 몸에 기거하는 괴물처럼 생겨 먹었다. 주문에 굴복당하고 그것으로도 모자라 영영 그 주문의 뚜껑을 닫지 않는 모호함에 휘적거리며 잠수를 하지도 물 위에 뜨지도 못한다. 내 이런 정신 상태를 알면 나를 찾아올 환자는 아무도 없을지도 모르겠지만. 세상이라는 말이 모호하듯이 정의들도 모호하다. 무조건 무엇이 옳고 무엇이 그른지에 대한 자유는 얻었지만 그건 또 다른 이름으로 말하자면 정체성, 일지 모른다. 고여 있는 말들을 업고 살아가는 자신이 싫다. 다리가 바닥으로 점점 가라앉아도 그 말들은 불로초라도 먹은 듯이 잠자는 법이 없다. 나의 에너지가 고갈될수록 더 커다란 힘을 비축하는 그것은 느낌만큼은 절대 모호하지 않다. 나, 라는 고지를 함락해 놓고도 계속 집요한 확인을 하고 모든 과정을 살뜰하게 보여주고 마지막에 발을 빼듯이 고개를 돌린다. 어떤 인간도 반복에는 고통의 능력을 얻는다. 그 험악한 재능을. 모호한 세상 안에서. 간절한 이별을 원하는 못된 인간이 되어. 자르지 못한 기다란 손톱이 결국 상처를 내는 건 자신임을 당연하고 다행으로 여기면서.

Z의 어머니가 왔다.
늘 같은 안부로 시작하고 잠시 같이 차를 마셨다.
선생님, 약의 효능이 줄어든 것 같아요.

처음 약을 드셨을 때보다 잠을 덜 깊게 주무시죠?

네.

얕은 한숨과 같이 고개를 끄덕인다.

원래 그래요. 알고 계시듯이 제가 처방해 드린 약도 수면제는 아니고요. 불안을 조금 완화해주는 것이니까요.

솔직히 다시 잘 자고 싶어요.

네.

수면제는 어떨까요?

물론 약한 성분으로 처방해 드릴 수는 있어요. 하지만 수면제도 결국은 비슷해질 거예요.

그럼 어떻게 하죠? 저는 일도 해야 하고 아무 생각 없는 잠이 너무 필요해요.

그 심정을 누구보다 너무 잘 알고 있다. 특히나 무언가를 잊고 싶거나 더 기억하는 자들이 잠을 갈구하게 마련이니까. 나는 차선책을 내놓았다.

당장 수면제는 그렇고요. 수면제는 더 중독성이 강하고 부작용도 많아서요. 불안증약 하나를 더 추가해서 드릴게요. 우선은 같이 드셔보시고 다시 말씀 주세요.

네. 선생님.

나는 먹던 약에 리보트릴, 이라는 약을 처방했다. 신경 안정제나 항불안제나 효과는 크게 차이 나지 않으니.

감사해요. 선생님.


한동안 미뤄두었던 창고의 약들을 정리하고 아무런 생각을 하지 않으려고 노력했다. 창문을 닦고 잔디에 물을 주고 잡초같이 생긴 것들을 뽑고 얼마 되지 않는 옷들을 살피다 버리고 그래도 아직 오후라고 하기에도 긴 시간이 남아있다. 나는 시간 앞에서 걸어가듯이 시간을 반올림하지만 건너뛰지는 못한다. 몸이든 마음이든 고통 속에 있는 자들은 누구보다 시간을 잘게 느낀다. 인간들의 대부분은 시간이 가는 것을 아까워하고 하루가 너무 빨라 아쉬워하는데 반대의 인간들도 있다. 그런 이야기를 진심으로 이해해줄 누군가도 거의 없다. 희박한 정도가 아니다. 내게는 선명해도 누군가에게는 모호한 이야기일 뿐이다. 그러니 나의 고백은 잘못된 것이다.


자주 오시네요.

어?

여긴 다시 꿈의 안쪽이다.

잘 지냈어? 오늘은 책이 없네.

소녀는 입술을 살짝 내밀고 말했다.

빌리려던 책이 없어서요.

아. 그렇구나.

아저씨는 여기가 좋아요?

아니. 그런데 자꾸 오게 되네.

그럼 안 오면 되잖아요?

나는 차마 여기가 꿈이라는 말은 하지 못한다.

원하는 책이 없으면 뭘 해?

그냥 가만히 있어요. 멍하니 가만히 있는 것도 그리 나쁘지는 않거든요.

그렇구나.

아저씨는 여기에 오지 않을 때는 뭘 하시는데요?

아무것도 안 해.

설마요.

진짜야.

그 말을 하면서 내가 정말 아무것도 하지 않고 있다는 생각이 들었다.

소녀와 같이 앉아있자 중력도 잠시 물러간 것처럼 고요했다.

혹시 모호하다는 말을 알아?

네.

어떻게 알아?

그런 감정들을 조금은 알아요. 음, 엄마가 침대에서 뒤척이다가 한

숨을 내뱉을 때 뭔가 편하지 않은 걸 상상하며 마음을 졸이지만 막
상 제가 아무것도 할 수 없거나 눈은 억지로 웃고 있는데 입술은 변
하지 않는 선처럼 움직이지 않을 때나 또 여기로 도망치듯 나오는
저에게 한 번도 어디를 가냐고 물어보지 않을 때. 그런 게 모호한 건
지는 잘 모르겠지만요.

내 생각보다도 훨씬 똑똑하고 예리한 아이다.

아저씨의 모호함은요?

후회 비슷한 감정들 같은 거?

후회를 많이 할 수밖에 없는 일들이 많았나 봐요.

그럴지도. 아마.

후회는 그런 잘못을 다시 하지 않기 위해 만들어졌대요.

누가 그런 말을 했어?

내 말에 소녀는 눈짓으로 책을 빌리는 곳을 향했다.

좋으신 분이네.

네. 참, 아저씨는 음악 좋아해요?

잘 모르겠어. 너는 좋아하는구나?

네. 저는 모차르트 피아노 연주를 좋아해요. 특히 23번이요. 들으
시면 아실 거예요.

꼭 들어볼게.

그리고, 물어봐도 될지 모르겠지만요.

말해 봐.

혹시 사랑하는 사람을 잃었어요?

아니. 왜 그런 말을 해?

그냥 조금 슬퍼 보여서요. 아니면 다행이고요.

여기는 정말 꿈속일까. 맞다. 꿈속이다. 현실보다도 더 확고하고 명확한 꿈속이다. 솔직히 소녀가 자리를 뜨려고 일어나자 겁이 났다. 소녀가 가버리면 또 중력이 나를 이끌 것은 분명하니까. 하지만 잡을 수도 없다. 뭐라고 말을 할까. 그건 믿어주고 말고의 문제가 아니다. 어쩌면 저 소녀도 여기가 꿈인지 아는 건지도 모르겠다. 아니기를 바랐다. 여기에서 소녀는 행복해 보이니까.

# 25

## 부서지는 양피지

집 앞에 수북하게 쌓인 우편물들이 많다. 우선 다 들고 들어와 쓸데없는 것들부터 추려내고 분류했다. 광고지는 재활용 봉투에 넣고 고지서는 따로 챙기다 Z의 우편물을 발견했다. 익숙한 글씨체에 심장이 갑자기 빨리 뛰기 시작했다. 마지막으로 내가 보낸 메일 후로 그녀는 글자로도 침묵했다. 아주 작은 상자였다. 나는 깊이 심호흡을 하고 일부러 그 상자를 이 층에 올려놓고 시간을 보내려고 노력했다. 무게가 거의 없는 그 상자 안에는 무엇이 들어있을까. 궁금한 마음과 두려운 마음이 함께 요동치고 있다. 메일을 보내면 그만인데 왜 우편물을 보냈을까. 나는 마치 유서를 쓰는 사람처럼 움직이고 있다. 욕조를 닦고 면도를 깔끔하게 하고 일 층과 이 층 사이의 계단을 닦고 그것도 끝나자 창고를 열고 물건들을 정리했다. 먼지가 쌓인 창고 안에 들어있던 여러 가지 물건들을 꺼내 버리고 닦고 각을 맞췄다. 심장의 박동이 펄떡이는 것을 느끼면서도 결국은 더는 아무것도 할 게 없을 때까지 움직이고 움직였다. 결국은 이 층 창가 근처에 앉아서 가만히 상자를 봤다. 언제까지 두려워할 수는 없다. 크게 심호흡을 한 번 하고 상자를 조심히 열었다. 상자 안에는 편지와 작은 만년필 같은 물건이 들어있었다. 우선 편지부터 읽기로 했다.

선생님.

메일을 받고 너무 늦은 답을 드리게 되어 죄송해요. 들려주신 이야기에 실은 놀라기도 했어요. 하지만 무엇보다 저와 닮기도 한 상황에 묘한 동질감도 느꼈어요. 선생님께 받은 위안을 무엇으로 보답해야 할지를 고민하다가 시간이 이렇게 많이 흘렀어요. 물론 제게 어떤 보답을 바라고 계시지 않다는 건 알아요. 그냥 솔직한 마음만 전할게요. 제가 침묵하는 이유에 대해서도 이미 알고 계시니까요. 보통의 사람들도 누구나 말에 시달리며 살기도 하지만 선생님에게 온 말은 그저 나쁜 것이라고밖에는 표현을 찾기가 어려워요. 어린 소년에게 그것도 몇 년이나 그랬던 이유를 저 나름대로 생각해 보려고도 했지만 그런 사람의 속내를 이해하기 위한 것이 될까 봐 그만두기로 했어요. 물론 다시 생각이 나서 또 한 번 생각을 하기도 했지만요. 그리고 b라는 사람의 말도요. 말, 이라는 것이 얼마나 사람의 영혼을 피폐하게 하고 고통의 길잡이가 되는지 누구보다 경험으로 알고 계실 거라 생각해요. 저의 이야기에도 그토록 반응해주신 그 마음을 진심으로 다시 깨닫게 되었어요. 사실 제가 침묵을 지켜도 들려오는 말들은 똑같아요. 차라리 소리를 높여서 자신을 보호하고 옹호하지 못하는 자신을 내내 외면하면서도 미워했어요. 어쩌면 시작은 그랬을지 몰라도 그저 가족만의 일은 아니었어요. 제가 말을 하지 않으니 일 적인 것 외에는 어떤 관계도 없다는 것이 차라리 편했어요. 그것에 자꾸 익숙해져 보니 말은 굳이 필요가 없구나, 하는 생각이 들기도 했고요. 누군가는 그러다 영영 고립되고 말 거야, 라고 말할지도 모르겠어요. 저는 고립보다 더 두려운 건 말이니 그다지 타격도 없는 말이겠죠. 말이 주는 좋은 것도 늘 생각해요. 세상에는 나쁜 말도 있지만 좋은 말도 존재할 테니까요. 그러니 저는 겁이 많은 건지도 몰라요. 귀로 들어온 말들을 어떻게 해소할지를 몰라 그냥 입을 다무는 것을 선택한 사람이니까요. 하지만 한 번의 일탈을 해보려고 해요. 선생님, 진심을 담아 작은 평온을 모으시기를 바라요.

편지를 다 읽고 여러 번 다시 읽었다. 복잡한 감정이었다. 계속 긴장을 한 탓에 몸이 늘어졌다. 차가운 물 한잔을 다 마시고 나는 작은 만년필을 손에 쥐었다. 무언가 버튼이 있어 눌렀다. 작은 숨소리가 잠시 들리고 목소리가 들렸다.

선생님, 제가 그 열세 살의 아이를 데리고 있을게요. 나쁜 말 대신 귀에 아름다운 음악을 들려주고 있어요. 선생님이 바닷가에서 죽었다 다시 살아난 소녀를 아는 유일한 분인 것처럼요.

Z의 목소리였다. 한 번도 들어보지 못했던. 그리고 어디선가 들어본 음악이 잠시 흘렀다. 나는 그 음악이 꿈속의 소녀가 말했던 모차

르트 피아노 협주곡 23번이라는 것을 서서히 깨달았다. 그녀는 나를 위해 오랜 침묵에서 잠시 일탈을 해서 내게 말, 을 전했다. 무언가 바닥으로 툭툭, 떨어졌다. 그건 내가 흘리는 눈물이었다. 방부제를 과도하게 넣어 사라지지 않는 말들이 얇은 양피지처럼 조금씩 녹아내려 소금기로 흘러내리고 있었다. 여전히 나쁜 말들은 어떻게든 살아남겠지만 고립된 입술이 어렵게 벌려 전한 그 말 역시 잊지 못할 것이다. 나직하고 간결하고 따뜻한 그 말을 나는 깊숙이 넣었다. 서서히 차분하게, 그리고 틈새 없이.


아저씨, 안녕하세요.

응. 잘 지냈어?

뭐, 그럭저럭 지냈어요.

소녀의 손에는 책이 있다.

저번에 빌리지 못했던 책이야?

네. 좀 오래 기다렸어요. 그 전에 빌려 간 사람이 책 읽는 속도가 느렸나 봐요.

나는 슬쩍 웃었다.

참, 저번에 제가 말한 음악 들어보셨어요?

응. 들어봤던 곡이었어.

맞죠?

소녀는 환하게 웃었다.

그렇게 책을 많이 읽는데 제목들도 다 기억해?

소녀는 고개를 까우뚱하며 바로 대답했다.

당연하죠. 책의 제목에 끌려서 읽기도 하고, 또 다 읽어도 책 제목을 기억하지 못하면 우습잖아요?

내가 멍청한 질문을 했네.

괜찮아요. 그런 걸 물어본 사람도 아저씨밖에 없어요.

내 생이 책이라면 제목은 무엇일까. 도무지 마땅한 제목이 떠오르지 않는다.

그런데 저기 절벽이 무섭지 않아?

네? 무슨 절벽이요?

저기 바로 보이잖아.

네? 여기 절벽 같은 건 없어요. 다른 곳이랑 착각하셨나 봐요.

아무리 여기가 꿈속이라고 하더라도 나는 너무 당황해서 어쩔 줄을 몰랐다.

아저씨, 저는 이제 갈게요.

응. 조심해서 가.

소녀는 책을 손에 들고 금세 사라졌다.

나는 일어나서 절벽 근처로 갔다. 그 절벽이 내게만 보이는 건지 제대로 확인하고 싶었다. 몇 걸음을 옮기면서도 두려움이 몰려왔다. 이상한 중력은 내게 조금씩 향하고 있었다. 이제 한 걸음. 나는 아예 눈을 감고 뛰어내릴 준비를 단단히 하고 있었다. 딱 2초 정도 후, 나는 예전의 평온한 섬에 누워 있었다. 정신을 간신히 차리고 뒤를 돌아보자 절벽은 어디론가 사라져버리고 풍경도 조금 달라져 있었다. 나는 가까운 물에 손과 발을 넣었다. 잔잔한 물결이 손아귀 틈새로 부드럽게 파고들었다. 꿈속인데도 믿을 수 없어 그 행동을 여러 번 반복했다. 한참이 지나도 섬의 풍경은 그대로였다. 잠시 와 준 꿈이라고 해도 나는 울컥할 만큼 감격하고 믿지 못하며 안도하고 혹시 또다시 사라질까 싶어 눈에 모든 것을 담으려고 애썼다. 한여름의 짙은 그늘막처럼, 한겨울의 데워진 난로처럼, 한여름의 장마처럼, 한겨울에도 시리기보다는 푹신한 눈송이처럼.

  고립되어도 상관없다는 그녀가 들려주는 음악을 이 잠에서 나가게 되면 들을 것이다. 그것으로 지금은 충분하다. 충분할 것이다. 나의 어린 나는. 이제. 아주 조금씩. 그리고 내 곁에는 자갈길에도 무사할 새 운동화를 신고 슬쩍 웃는 어여쁜 소녀의 얼굴이 있다.

작가의 말

이 글을 쓰면서 그간의 제가 행했던 언어와 침묵, 그리고 그 사이에서 시끄럽던 날들을 오래 생각했습니다. 제가 들었던 나빴던 말들과 또 어쩌면 제가 말로 주었을 상처들을 열고 헤아려보는 일은 쉽지 않았습니다. 여러 날 동안 아무것도 하지 못하고 글도 마음도 멈춘 상태로 지내기도 했습니다. 제가 택한 영역이 대부분은 허구여도 자신을 벗어날 수는 없어 제게는 그저 허구가 아니라는 줄을 잡고 2년에 가까운 시절을 보냈습니다.

어떤 말들은 누군가를 이미 규정해버리고, 그 속에 몰아넣고 사라집니다. 그 말의 대상은 사라져도 말은 남습니다. 결국은 침묵으로 향하는 여정을 저는 오래 걸었습니다. 어디가 목적지인지 모르고 무언가 새로운 위로 따위는 바라지도 않으면서도. 그나마 커다랗게 소리를 내던 분노들이 자신의 기력을 이기지 못해 주저앉았고, 그런 자신을 바라보며 스스로와 자꾸 멀어지던 화해를 멍하니 바라보기만 했던 마음을 여기에 담았습니다. 말과 침묵 중에 무엇이 옳은지는 생각하지 않았습니다. 그저 침묵에 더 가까워진 길을 간신히 고개 돌려 뒤돌아보는 여정은 어쩌면 앞으로도 계속 이어질 것입니다. 침묵과 말 사이에 분명히 존재하던 날들은 생생하고 날것의 냄새를 풍깁니다.

말, 하나로 타인의 생을 조정하고 무너뜨릴 수 있다는 사실. 비겁한 침묵으로 갖은 상상을 던져놓고 가버리는 무책임한 뒷모습들. 그리고 차라리 어떤 태도도 취하지 않겠다는 마음을 지나 또다시 되살아나는 감정들에 대해 지금도 생각합니다. 서로에게 상처를 주지 않는 관계가 유토피아, 라고 단정할 수도 없는 것도 이제는 당연하게 느껴집니다.

이 글을 쓰며 저는 말이 두려웠습니다. 실은 그전부터 앓아왔던 증상이었음을 똑바로 인정하고 차라리 말이 없어도 살 수 있을 것 같은 고립된 것들을 영혼의 수면 위로 조심스레 들어 올렸습니다. 그 과정에서 허구만이 아니었던 것들이 파생되어 또 하나의 마침표를 찍게 되었습니다.

쉽게 털어놓을 수도 아닐 수도 있는 이야기들. 아무 바늘이나 꺼내어 기워낼 수 없는 상처의 오랜 상흔들. 단 한 사람이라도 그저 내 이야기를 제대로 들어주면 좋겠다는 버리지 못한 남은 마음들을 여기에 적었습니다.

그리고.

저는 전합니다.

지지 마세요. 저도 그럴게요.


2022. 겨울. 진주현.

# 고립된 입술들

| | |
|---|---|
| 초판 1쇄 인쇄 | 2023년 1월 10일 |
| 초판 1쇄 발행 | 2023년 1월 26일 |

| | |
|---|---|
| 지은이 | 진주현 |

| | |
|---|---|
| 펴낸이 | 이장우 |
| 편집 | 송세아 안소라 |
| 디자인 | theambitious factory |
| 마케팅 | 시절인연 |
| 제작 | 김소은 |
| 관리 | 김한다 한주연 |
| 인쇄 | 금비PNP |

| | |
|---|---|
| 펴낸곳 | 도서출판 꿈공장플러스 |
| 출판등록 | 제 406-2017-000160호 |
| 주소 | 서울시 성북구 보국문로 16가길 43-20  꿈공장 1층 |

| | |
|---|---|
| 이메일 | ceo@dreambooks.kr |
| 홈페이지 | www.dreambooks.kr |
| 인스타그램 | @dreambooks.ceo |

| | |
|---|---|
| 전화번호 | 02-6012-2734 |
| 팩스 | 031-624-4527 |

| | |
|---|---|
| ISBN | 979-11-92134-34-5 |
| 정가 | 14,800원 |